그래도
여자보다는
삼국지에 대해
三國忘
잘 알아야 하지
않겠어요?

그래도
여자보다는

정미현 지음

삼국지에 대해
잘 알아야 하지
않겠어요?

바른북스

목차

이런 일도 있었대

들어가기 전

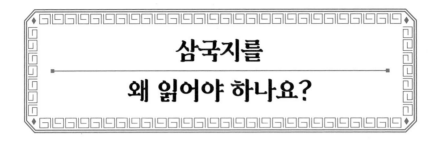

삼국지를
왜 읽어야 하나요?

내가 어릴 때는 삼국지가 필독서 중 하나였다. "삼국지를 세 번 읽지 않은 사람과는 상대하지 말라."는 표현도 종종 들었지.

요새는 달라졌나 보다. 그렇게 고루하고 지루한 책을 왜 굳이 읽어야 하냐는 질문도 여러 번 받았다.

맞다. 삼국지를 꼭 완독할 필요는 없다. 삼국지에서 누가 언제 정확히 무엇을 하는지 완벽하게 알 필요도 없다.

하지만 아예 몰라서도 안 된다.

삼국지를 완독할 필요는 없지만, 접해는 봤어야 한다.

삼국지는 동양 문화의 근간이자 정수와도 같아서, 눈을 감고 귀를 막아도 결국에는 접하게 된다. 당장 스포츠 게시판에 '출사표'라는 단어를 검색하면, 셀 수 없을 정도로 많은 기사가 쏟아진다. 정치 게시판에서는 '삼고초려'라는 단어가 당사자의 위상을 강조하곤 한다.

비단 언론뿐 아니다. 일상에서도 그렇다.

최근 나는 팔꿈치에 금이 갔음에도 금이 간 줄 모른 채 아기를 안고, 먹이고, 놀아주고, 재운 적이 있다. 나중에야 전치 4주였다는 사실을 알게 되었다는 글을 쓰자, 몇 명이 "전생에 관우였냐."며 놀라움을 표현했다. 인터넷 커뮤니티에서도 마찬가지다. 택배가 왔는데 상자가 비어 있다는 글에서, 순욱을 떠올리는 사람들이 어디 한둘이었나.

삼국지는 유명하고, 그런 만큼 모두가 어느 정도는 알고 있음을 상정하고 대화에 활용한다. 결국, 기초적인 일화, 기본적인 내용쯤은 알아야 비유를, 유머를 쉽게 알아듣는다.

이런 작품이 삼국지만 있을까.

아니다.

셰익스피어의 《로미오와 줄리엣》을 보자. 다들 로미오와 줄리엣이 어떤 애들인지는 알 테다. 원수의 가문에서 태어나 사랑에 빠져 결국 죽은 연인이다.

줄리엣이 14살이었고, 둘이 첫 만남부터 결혼을 걸쳐 자살하기까지 사흘밖에 안 걸렸단 사실이 중요하지는 않다. 희곡의 대사가 시처럼 읽힌다는 문학적 의의도 그렇다. 애초에 희곡을 다 읽은 사람이 몇이나 될지도 의문이다.

하지만 누군가 "로미오와 줄리엣 같다."고 한다면 원수 가문의 상대를 사랑하게 되었나 보다 정도는 추가 설명 없이 유추할 수 있어야 하지 않을까?

한국 작품도 마찬가지다.

《심청전》 판소리를 듣거나 소설을 다 읽은 사람이 얼마나 될까. 《춘향전》은? 《홍길동전》은?

상기한 작품을 실제로 완독한 사람은 그렇게 많지 않다. 하지만 누군가 "심청이가 따로 없네."란 말을 했을 때, 아버지의 눈을 뜨게 하려고 인당수에 몸을 던진 효녀 정도는 생각해 내야 한다. "군대 간 남자친구 기다리는 모습이 완전 21세기 성춘향."이라고 표현하면 그만큼 절개가 있다는 뜻이구나, 여겨야 한다. "홍길동도 아니고 호부호형은 해야 하지 않겠냐."는 말을 들을 때, 홍길동이 누군지, 왜 호부호형을 못 했는지 물을 필요는 없어야 한다.

그 정도로는 문학을 접해야 하지 않을까 싶고, 동양 문학과 문화의 근간이자 정수인 삼국지도 그 정도로는 알아야 하지 않을까 싶다.

다 읽으란 소리는 아니다. 굳이 다 읽을 필요도 없다. 애초에 평역본의 종류만 해도 몇 개냐. 내용이 통일도 안 되어 있다.

그렇지만 최소한 접하긴 해야 한다. 《로미오와 줄리엣》이나 《심청전》, 《춘향전》이나 《홍길동전》처럼. 그 정도만이라도.

물론 이왕 접하는 삼국지, 평범한 아줌마보다는 잘 알면 더욱 좋겠고.

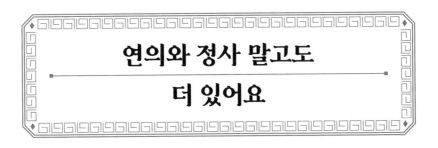

연의와 정사 말고도
더 있어요

삼국지는 크게 진수가 쓴 역사서 **《정사 삼국지》**(이하 "정사")와, 나관중이 쓴 역사소설 **《삼국지연의》**(이하 "연의")로 나뉜다. 한국에서 삼국지라 하면 보통 《연의》를 일컫는다. 《연의》는 인쇄술의 한계 탓에 나관중의 원본이 전해지지 않아, 여러 판본이 존재한다.

한때는 명나라 가정제 원년에 간행된 **《삼국지통속연의》**(이하 "가정본")가 나관중의 원본에 가장 가깝다고 알려져 있었다. 그러나 최근의 연구 결론에 따르면, 《가정본》은 나관중의 원본이 아니다.

가장 유명한 판본은 청나라 강희제 치세, 모종강 부자가 엮은 **《모종강본》**이다. 유교적인 주제 의식을 강조했기에, 나관중이 창조했던 인물 개개인의 매력과 서사는 조금쯤 떨어졌다. 대신 소설적인 재미는 상당히 강해졌다. 당시 난립하던 여러 필사본 및 판본을 하나로 통일하고 《연의》의 완성본으로 등극한 데는 이유가 있다.

《가정본》과 《모종강본》 및 여타의 《연의》 판본을 구분해 서술하면 좋겠지만, 그렇게까지 하면 너무나 복잡해지겠지. 그러니 이 책에서는 가장 잘 알려진 《모종강본》으로 《연의》를 갈음하겠다. 마찬가지로 《연의》의 저자도 나관중으로 통일한다.

《정사》는 인물을 중심으로 서술하는 방식인 기전체로 쓰여 있다. 각 인물의 열전으로 구성되어 있다 보니, 축약 혹은 생략된 부분이 많다. 《정사》만 보고 "《연의》의 이 내용은 사실이 아니다!"라고 단언해서는 안 되는 이유다.

그럴 때는 《후한서》나 《자치통감》 등 다른 사서를 보면 좋겠지만, 그러기 어렵다면 사서를 인용한 주석을 참고할 수도 있다.

워낙 인기가 많은 시대였다. 일부 인물은 신격화까지 되었을 정도다. 그렇다 보니 수많은 역사학자가 《정사》에 주석과 평을 덧붙였다.

그중에서도 송나라의 **배송지**는 150가지 사서 및 민담집을 참고해 주석을 달았는데, 나관중 역시 《연의》를 쓰면서 이 주석에 나오는 일화를 상당히 많이 차용했다.

청나라 말기의 역사학자 노필은 이 수많은 주석을 집대성해 주석서 **《삼국지집해》**(이하 "집해")를 완성했다.

다만 주석의 경우에는 민담 혹은 지인소설, 지귀소설에 나오는 일화를 소개한 경우도 많기 때문에, 무조건적으로 신뢰할 수는 없겠다.

당연하지
않은
이야기

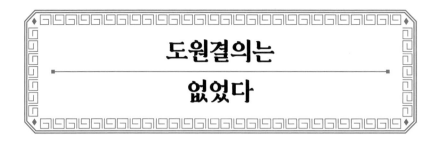

도원결의는
없었다

《연의》의 근간은 도원결의에 있다. 피 한 방울 섞이지 않은, 서로 전혀 몰랐던 세 명의 협객이, 의형제를 맺고는 천하를 바로잡겠다, 한날한 시에 죽겠다 맹세한다. 《연의》는 삼 형제가 평생에 걸쳐 이 맹세를 지켜 나가는 내용이다.

그렇다면 셋은 어쩌다가 의형제를 맺게 되었나.

탁현의 돗자리 장수 유비가 어머니를 위해 고가품인 차를 샀다. 하지만 돌아오는 길에 황건적을 만났고, 힘들게 구한 차를 **뺏기려는** 그때! 협객 장비가 나타나 유비를 구해줬고….

라는 내용을 어디선가 봤을 수도 있겠다. 그런데 이거, 요시카와 에이지의 창작이다. 《고우영 삼국지》와 《정비석 삼국지》도 요시카와 에이지의 창작을 차용했기 때문에, 이 일화를 《연의》의 일부로 생각하는 사람도 많다.

하지만 《연의》의 원전에는 차 사건이 나오지 않는다. 아니, 그 어떤 사건도 나오지 않는다. 의기투합의 과정이 어처구니가 없을 정도로 짧고 단순하다.

코에이 테크모의 '삼국지 시리즈', 해본 적 있나. 해당 게임에서는 친밀도를 최대치로 높인 후 함께 술을 마시면 의형제를 맺을 수 있다. 그런데 원전에서는 그보다 더하다. 제법 길지만, 생략 없이 전문을 옮겨본다.

《연의》　현덕[01]이 방문을 보고 분개하여 길게 탄식하니, 뒤에 있던 한 사람이 성낸 목소리로 말하기를, "대장부가 나라를 위해 힘을 내지 않고 어찌 길게 탄식을 하는가?" 했다.

현덕이 그 사람을 돌아보니 키가 8척이요, 표범 머리에 동그란 눈과 제비 턱에 호랑이 수염을 하고, 목소리는 우레와 같으며 기세가 달리는 말과 같았다.

현덕이 그 사람의 모습이 기이한 것을 보고 성명을 물었다.

그 사람이 말하기를, "저의 성은 장이고, 이름은 비고 자는 익덕입니다. 대대로 탁현에 살았으며, 집과 밭이 얼마쯤 있어 술을 팔고 돼지를 잡으며 사는데, 오로지 천하 호걸과 사귀기를 좋아합니다. 마침 공이 방문을 보고 탄식을 하기에 그래서 물은 것입니다."라 했다.

현덕이 말하기를, "나는 본래 한실의 종친이고, 성은 유씨요, 이름은 비입니다. 지금 황건적이 난을 일으켰다는데, 뜻이 있다면 적을 깨트려 백성을 편안히 하고 싶지만, 힘이 미치지 못하여 한스럽습니다. 그래서 길게 탄식한 것입니다." 했다.

장비가 말하기를, "저에게 재산이 자못 있으니 마땅히 시골 군사를 모아 공과

---

01)　유비

더불어 큰일을 해보려는데 어떻습니까?" 했다. 현덕이 아주 기뻐하여 마침내 함께 시골 술집에 들어가 술을 마셨다.

술을 마시고 있을 때 한 거한이 나타났는데, 수레를 끌고 와서 가게 문 앞에 대어놓고 가게에 들어와 앉았다. 곧 술집 심부름꾼을 불러, "얼른 술을 따라라. 마시고 나서 성에 들어가 군에 입대해야겠다."라고 했다.

현덕이 그 사람을 보니 키가 9척이고 수염이 길어 2척인데 얼굴은 대춧빛이고 입술은 칠한 것 같았다. 봉의 눈에 누에의 눈썹이고, 얼굴 모습이 당당한데다 위풍이 늠름하였다. 현덕이 나아가 그를 맞아 한자리에 앉으며 성명을 물었다.

그 사람이 말하기를, "내 성은 관씨이고 이름은 우이며 자는 장생인데, 뒤에 운장이라고 바꿨습니다. 하동군 해량현 사람으로 본디 세력가가 세력에 의지하여 사람을 능멸하는 것을 처단하고 살인죄를 입어 강호로 도피한 지 5, 6년 되었습니다. 지금 이곳에서 적을 깨트릴 군대를 모집한다기에 특별히 와서 응모하려는 것입니다." 했다.

현덕이 마침내 자기의 뜻을 말하니 운장이 크게 기뻐하였다. 함께 장비의 집으로 가서 큰일을 계획했다.

장비가 말하기를, "우리 집 뒤에 복숭아밭이 있는데, 꽃이 지금 한창 피었습니다. 내일 마땅히 복숭아밭에서 하늘과 땅에 제사하고 고하여, 우리 세 사람이 형제로 결의하고 협력하여 마음을 함께한 다음에 가히 큰일을 할 수 있을 것입니다." 하니, 현덕과 운장이 목소리를 모아 응답하기를, "그렇게 하는 것이 아주 좋겠습니다."라고 했다.

다음 날 복숭아밭에서 검은 소와 백마 등 제사품목을 준비하여 세 사람이 향을 사르고 두 번 절하며 맹세하여 말하기를, "유비와 관우와 장비는 비록 성이 다르지만 이미 형제가 되기로 결의하였습니다. 그런즉 같은 마음으로 협력하

여 어려울 때 구해주고 위태로울 때 도와주며 위로는 국가에 보답하고 아래로
는 백성들을 편안하게 할 것을 염원합니다. 같은 해 같은 달 같은 날에 태어나
지는 않았지만, 같은 해 같은 달 같은 날에 죽기를 바랍니다. 하늘과 땅의 신
께서는 이 마음을 살피시어 의리를 배신하고 은혜를 잊으면 하늘과 사람이 함
께 죽이십시오." 했다.

맹세가 끝나자 절하여 현덕이 형이 되고 관우가 다음이 되고 장비가 막내아우
가 되었다. 하늘과 땅에 제사 지내기를 마치고 다시 소를 잡고 술을 차려서 시
골의 용사들을 모으니 3백여 명이었다. 복숭아밭에 나아가 실컷 마시고 취했다.

정말 생면부지의 남남이 서로 통성명만 하고는 술 마시다 말고 의형
제를 맺은 모양새다.

동료나 상관은 물론, 양아버지마저 배신하던 시대다. 그런데도 세 명
은 끝의 끝까지 이 맹세를 저버리지 않았다. 한날한시에 죽기 위해 이릉
대전을 일으켰다는 말까지 나오는걸.

그렇다면 실제 역사에서는 어땠을까?

도원결의라는 표현, 《정사》 및 관련 사서에서는 나오지 않았다. 도원의
문제가 아니다. 결의도 문제. 의형제를 맺었다는 기록이 전혀 없다.

물론, 셋이 의형제를 맺었다고 해도 이상하지는 않다.

《정사》　선주[02]는 두 사람과 함께 잠자며 같은 침상을 썼고 은혜가 형제와
같았다. 〈관우전〉

---

02) 유비

《정사》　장료가 관우에게 묻자 관우가 탄식하며 말했다, "나는 조공[03]께서 후히 대우해 주시는 것을 잘 알고 있으나, 유장군[04]의 두터운 은혜를 입었고 함께 죽기로 맹세했으니 이를 저버릴 수는 없소. 나는 여기 끝까지 머물 수는 없으나 반드시 공을 세워 조공께 보답한 뒤에 떠날 것이오." 〈관우전〉

《정사》　[장비는] 젊어서부터 관우와 함께 선주를 섬겼는데, 관우가 몇 년 연장이어서 장비는 그를 형으로 섬겼다. 〈장비전〉

당시에는 의형제를 맺는 행위가 드물지 않았다. 마등과 한수 역시 원래는 의형제였다. 공손찬도 유위대, 이이자 및 악하당과 의형제를 맺은 바 있다.

"함께 죽기로 맹세했다."는 부분이나, "형제와 같았다." 혹은 "형으로 섬겼다."는 내용을 보면, 셋이 실제로도 의형제였다는 추론은 확실히 합당하다. 복숭아밭에서 맹세하지 않았을 뿐.

하지만 어차피 의형제를 맺어야 한다면, 복숭아밭처럼 신비로운 데서 하는 편이 좋긴 하겠지 싶다. 그림부터가 예쁘잖아. 술집에서 거나하게 취한 채 잔을 부딪치며 의형제를 맺기보다는.

---

03)　조조
04)　좌장군 유비

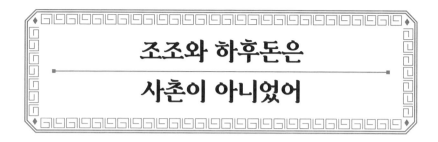

조조와 하후돈은
사촌이 아니었어

《연의》를 읽은 대부분의 독자는, 조조를 본래 하후씨로 알고 있다. 조조의 아버지 조숭이 환관 조등의 양자로 입적되기 전에는 하후숭이었다는 것이다. 하후돈, 하후연과 사촌 관계였다고도 하더라.

하지만 조조가 하후씨였을 확률은 그다지 높지 않다.

첫째, 양자를 다른 가문에서 들일 이유가 없었다. 후한 말의 유교적인 시대상을 생각하면 이는 무척이나 부자연스럽다.

물론 가까운 남자 친척이 없었으면 모르지. 유봉도 본래 구씨였으나 유비의 양자로 입적됐다. 유비에게 다른 형제가 없었던 데다, 유비 본인도 고향 유주를 떠나 산 지 오래라 가까운 친척을 찾기 어려웠기 때문이다. 하지만 그렇게 입양한 유봉조차 모계만큼은 후한계 왕족인 유씨의 자손이었으니, 어쨌든 피로 연결된 관계였다.

조등은 그렇지 않았다. 분명 남자 형제도 있었고, 남자 조카도 있었다.

《집해》　조일청이 이르길, 《후한서》〈채연전〉에 따르면 하간상 조정이 천만을 뇌물로 받은 죄를 탄핵하며 아뢨다. 조정은 중상시 조등의 동생이다. 조일청이 살피길, [조등의 아버지인] 조절에게는 네 자식이 있었고, 조등이 가장 어렸으므로 동생을 가질 수는 없으니, 조정은 조등의 형일지도 모른다.

노필이 살피길, 본지 〈조홍전〉의 주에서 인용한 《위서》에서 "조홍의 백부 조정이 상서령이 되다."라고 이르니, 이 조정은 조등의 조카가 된다. 어느 쪽이 옳은지는 알 수 없다. 수경의 음구수주에서 "초군에 조등의 형 무덤이 있으니, 무덤 동쪽에 비제 '한의 옛 영천태수 조군의 묘'가 있다."라고 했다. 또한, 〈조인전〉의 주에서 인용한 《위서》에서 "조인의 조부 조포는 영천태수였다."라고 이르니, 바로 그 사람이다. 이에 조등의 형 이름은 포임을 증명할 수 있다.

여러 기록이 조등에게 형이 세 명 있었다는 사실을 보여준다. 그중 한 명의 손자가 바로 조홍이며, 다른 한 명의 손자가 조인과 조순 형제다.

즉 종손도, 조카도 여럿 있었다. 더군다나 조홍도, 조인도, 조순도 전부 패국 초현에서 나고 자랐다. 조조마저도 초현에서 태어났으니, 당시의 관습대로 한 마을에 모여 살았겠지.

그런데 굳이 다른 성씨의 남성을 아들로 데려온다? 집성촌의 아이들을 두고? 왜?

둘째, 조조와 하후돈, 하후연 형제는 혼인으로 맺어진 인척 관계다. 조조의 딸은 하후돈의 아들과 혼인했으니 조조와 하후돈은 사돈지간이고, 조조의 아내는 하후연의 아내와 자매 관계니 조조와 하후연은 동서지간이다. 더군다나 조조의 조카는 하후연의 아들 하후형과 혼인했다.

《정사》 태조[05]가 딸을 하후무에게 시집 보냈으니, 바로 청하공주다. 〈하후돈전〉

《정사》 하후연의 처는 태조의 처제다. 맏아들 하후형은 태조의 동생 해양애후의 딸에게 장가들어 은총이 특히 후했다. 〈하후연전〉

《정사》 [남편] 유모가 죽은 후, 목황후는 혼자 기거했다. 유비가 익주를 평정한 후, 손부인은 오로 돌아갔으므로, 신하들은 유비에게 목황후를 맞이하도록 권유했다. 유비는 유모와 동족이라는 점이 마음에 걸려 결정을 내리지 못했다. 법정이 진언하여 말했다. "만일 관계의 친함과 소원함을 논한다면, 어찌 춘추시대 진문공과 자어에 비교하겠습니까?" 그래서 목황후를 맞이하여 부인으로 삼았다. 〈목황후전〉

유모는 전한 경제의 사남 노공왕 유여의 후손이고, 유비는 구남 중산정왕 유승의 후손이다. 후한도 아니라 전한, 연도로 따지면 기원전 2세기에 이미 갈린 집안이다. 촌수를 따지는 행위가 무의미할 정도로 먼 친척이다.

그런데도 유비는 유모의 미망인, 오씨와의 재혼을 망설였다. 종친의 전 아내였기 때문이다. 《연의》에서는 아예 "도리에 어긋난다."면서 거절했다고 나온다.

그 정도였다. 후한은 근친혼, 혹은 그 비슷한 모든 것을 극도로 꺼렸다. 그러니 만일 조조가 하후씨였다면, 하후돈이나 하후연과 사돈을 맺

---

05) 조조

지는 못했을 테다.

　사실 조조가 하후씨였다는 말은 《정사》에 나오지 않는다. 대신 신원미상의 오나라 인물이 쓴 《조만전》에서 처음으로 유래되었다. 《조만전》의 일화 전부가 거짓이라 단언할 수는 없지만, 어쨌든 신원미상의 인물이 쓴 사서를 완전히 신뢰하기란 어렵지 않을까 싶다. 물론, 판단은 각자의 몫이다.

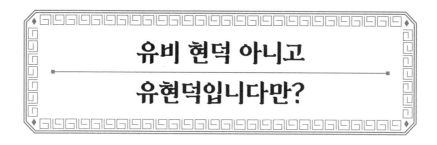

유비 현덕 아니고
유현덕입니다만?

《연의》 "저의 성은 장이고, 이름은 비이고 자는 익덕입니다."

《연의》 "내 성은 관씨고 이름은 우이며 자는 장생인데, 뒤에 운장이라고 바꿨습니다."

《연의》 "저는 상산군 진정현 사람입니다. 성은 조씨고 이름은 운이며 자는 자룡입니다."

《연의》에서 자기소개 하는 대목을 가져왔다. 항상 성과 이름, 자를 따로 언급한다. 셋을 한꺼번에 붙여 말하는 경우는 없었다.

《예기》 남자가 20세가 되면 관례하고 자를 부른다. 아버지의 앞에서 아들은 이름을 일컫고 임금의 앞에서 신하는 이름을 일컫는다. 여자가 허혼한 뒤에는 비녀를 지르고 자를 부른다.

사서오경의 하나인 《예기》에 따르면, 남자는 20살에 관례하고 자를 부른다. 다만 나이보다는 관례의 유무, 즉 성인이냐 아니냐가 더 중요했을 테다. 조조의 아들 조충은 12세에 죽었는데도 자가 전해지기 때문이다.

그보다는, "아버지의 앞에서 아들은 이름을 일컫고, 임금의 앞에서 신하는 이름을 일컫는다."는 원칙이 더 중요했다. 즉, 윗사람은 아랫사람을 이름으로 불렀다.

그렇다면 자는 언제 썼나. 상하관계가 불분명한 동료나 동년배 정도가 상대를 자로 부를 수 있었다. 혹은 선임과 후임 정도?

한국어로 따지자면 '씨'와 용례가 비슷한데, 의존 명사 '씨' 역시 공식적인 자리가 아니라면 동료나 아랫사람에게만 쓰기 때문이다.

〈표준국어대사전〉 그 사람을 높이거나 대접하여 부르거나 이르는 말. 공식적·사무적인 자리나 다수의 독자를 대상으로 하는 글에서가 아닌 한 윗사람에게는 쓰기 어려운 말로, 대체로 동료나 아랫사람에게 쓴다.

아무리 존중의 의미를 담는다고 한들 공식적인 석상이나 매체가 아니고서야 윗사람을 '씨'라 부르지는 않는다. 자 역시 마찬가지다. 윗사람을 자로 부르는 경우는 없었다. 상당한 무례에 해당했다.

그렇다면 윗사람은 대체 어떻게 불러야 하나. 보통은 직책과 함께 불렀다. 예시를 들어볼까.

《정사》 "(…) 제군들은 내 계책을 들어보시오. 발해는 하내의 군사를 이끌고 맹진에 임하게 하고, 산조의 제장들은 성고를 지키며 오창을 점거하고 환원, 태곡을 틀어막아 험요지를 전부 제압하며, 원장군은 남양의 군사를 이끌고 단, 석에 주둔하여 무관으로 들어가게 해 삼보를 뒤흔드는 것이오." 〈무제기〉

《정사》 장송이 말했다. "유예주는 사군의 종실이며 조공[06]의 깊은 원수이고, 용병을 잘하니 만약 그로 하여금 장로를 치게 한다면 필시 장로를 격파할 것입니다." 〈선주전〉

조조가 언급한 발해는 발해태수 원소고, 원장군은 후장군 원술이다. 마찬가지로 유예주 역시 유비의 성씨인 유에 예주자사의 예주를 붙인 호칭이다. 즉, 직책으로 이름을 갈음할 수 있었다.

직책의 의미가 그만큼 컸다. 그런 세상이니 더더욱 직책에 목을 맸다. 원술은 칭제 전까지 스스로를 후장군이라 불렀고, 유비는 한중왕에 오른 후에야 좌장군의 인수를 넘겼다. 둘 다 장군직을 수여한 사람, 동탁과 조조는 배반해 놓고 말이야.

하나 더하자면, '유비 현덕'이나 '조조 맹덕' 등, 이름과 자를 함께 부르는 경우는 없었다. 애초에 자를 쓰는 것이 이름을 쓰지 않기 위해서다. 유비면 유비, 유현덕이면 유현덕이었다.

하지만 한국 사람이라면 누구나 다 이 네 글자 호칭이 익숙하겠지.

실은 《요시카와 에이지 삼국지》에서 쓰던 표현이다. 일본은 네 글자의 한자 이름이 흔한 편이며, 요시카와 에이지도 이에 맞췄는지 유비 현

---

06) 조조

덕, 조조 맹덕 등 네 글자의 이름과 자의 조합을 자주 소개했다.

《요시카와 에이지 삼국지》의 영향력이 그만큼 크다. 그 유명한 료래래(遠來來)[07]도, "조자룡 헌창 쓰듯 한다."는 속담도, '궁요희' 손상향도 전부 요시카와 에이지의 각색이다. 하다못해 일본발 삼국지 게임조차 《요시카와 에이지 삼국지》의 영향을 받았으니, 그런 게임을 한 번이라도 했다면 성과 이름, 자의 네 글자 조합이 익숙할 수밖에.

---

07) 〈료 라이라이, 전설의 시작〉 참고

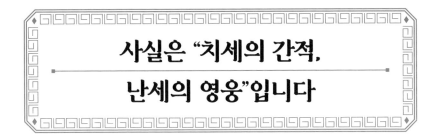

사실은 "치세의 간적,
난세의 영웅"입니다

조조를 묘사하는 유명한 표현이 있다. 바로 "치세의 능신이자 난세의
간웅"이다.

《이동잡어》　[조조가] 일찍이 허자장[08]에게 "나는 어떤 사람이오?"라고 물
었으나 자장이 대답하지 않았다. 계속 묻자 자장이 말했다. "그대는 치세의 능
신이고 난세의 간웅이오."

인물평으로 유명한 허소가 본 조조란다. 얼마나 유명한 표현인지, 진
위 여부를 따지는 경우는 잘 보지 못했다.

그런데 《후한서》에서는 반대로 전한다. "치세의 간적, 난세의 영웅"이

---

08)　허소

라는 것이다.

《후한서》　조조가 미천하던 때 항상 말을 겸손하게 했으며, 후한 선물로 자기를 품평하기를 구했다. 허소는 조조의 사람됨을 천하게 여겨 청을 들어주지 않아 답을 하지 않았다. 조조는 이에 틈을 엿보다가 허소를 위협했다.
허소가 부득이하게 답하길, "그대는 청평한 시절에는 간사한 도적, 난세에는 영웅이 될 것이오."라 하니 조조가 크게 기뻐하며 돌아갔다. 〈허소열전〉

그렇다면 어느 기록이 옳을까? 《이동잡어》는 손성의 저서로, 저서명[09]에서부터 알 수 있듯이 여러 가지 잡다한 이야기를 기록한 책이다. 역사적 신빙성을 따져 수록했다기보다는, 거리에 떠도는 야사를 다뤘다.
반면 《후한서》는 유송의 범엽이 편찬한 사서다. 신뢰도만큼은 《후한서》가 《이동잡어》보다 위겠다.

---

09)　異同雜語

동탁 토벌전 당시,
원소와 원술은 만나지도 않았다

동탁 토벌전. 막사에 난다 긴다 하는 군벌들이 모여 있는 장면이 떠오른다.

그런데 역사에서는 달랐다. 중국 땅이 좀 넓으냐. 게다가 동탁을 잡기 위해 결성한 연합이다. 여러 지역에서 한꺼번에 공격하는 편이 상식적으로도 낫지 않겠어?

실제로도 그랬다. 하북의 군벌, 즉 원소 등은 사예의 하내에서, 형초의 관리, 즉 원술과 손견 등은 노양에서, 중원의 관리, 즉 조조 등은 진류의 산조에서 모였다.

《후한서》 원소는 왕광과 더불어 하내에 주둔했고, 공주는 영천에 주둔했으며, 한복은 업에 주둔했다. 나머지 군대는 모두 산조에 주둔해 서로 맹약하고 원소를 추대하여 맹주를 삼았다. 〈원소열전〉

《후한서》 장막은 예전부터 모략이 있었는데 장초와 만나고 의논하고서 결단을 내리니 여러 주목, 태수들이 산조현에 크게 모였다. 단장을 세우고 맹세를 하려 하는데 아무도 먼저 단에 오르려 하지 않고 서로 계속해서 사양하며 장홍을 받들었다. 〈장홍열전〉

《정사》 [손견은] 전진하여 노양에 도착해 원술과 만났다. 원술은 표를 올려 손견을 행 파로장군으로 삼고 예주자사를 맡게 했다. 마침내 노양성에서 군사를 조련했다. 진군해 동탁을 토벌하게 되었을 때, 장사 공구칭을 보내 병사를 거느리고 일을 처리하며 주로 돌려보내 군량의 재촉을 감독하게 했다. 〈손견전〉

그러니 원소와 원술이 만났을 리가 있냐. 원소와 조조조차도 초반에는 함께 있지 않았다. 대차게 패배한 후에나 만났을 뿐.

그렇다면 유비는 어디에 있었을까?《영웅기》에 따르면 조조와 함께 토벌전에 나섰다. 서영에게 대패한 후 공손찬에게로 향했고. 그러니 유·관·장 삼 형제 역시 당시에는 원소나 원술과 만나지도 않았겠다. [10]

---

10) 〈공손찬은 반동탁 연합에 참가하지도 않았다〉 참고

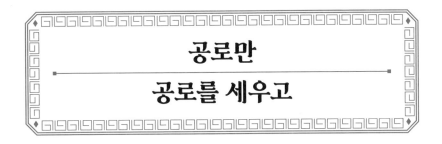

공로만
공로를 세우고

상기[11]했듯, 조조와 원소, 원술은 각기 다른 곳에서 동탁 토벌전에 나섰다. 그렇다면 각자의 행적은 어떻게 될까?

우선 조조를 보자. 애초에 독립된 세력으로 인정받지조차 못하던 터다.

《정사》 이때 원소는 하내에, 장막, 유대, 교모, 원유는 산조에, 원술은 남양에, 공주는 영천에 주둔하고 있었고 한복은 업에 있었다. 동탁군이 강하여 원소 등은 감히 앞장서서 진군하지 못했다.

태조[12]가 말했다. "(…) 이제 궁실을 불태우고 천자를 겁박해 천도해서 해내가 진동하여 돌아갈 곳을 모르니 이는 하늘이 그를 망하게 하려는 것이오. 한 번

---

11) 〈동탁 토벌전 당시, 원소와 원술은 만나지도 않았다〉 참고
12) 조조

의 싸움으로 천하를 평정할 수 있으니 이때를 놓쳐서는 안 되오."

그리고는 군을 이끌고 서쪽으로 진군하여 성고를 점거하려 했다. 장막이 장수 위자에게 군사를 나누어 주어 태조를 뒤따르게 했다.

형양의 변수에 도착해 동탁의 장수 서영과 조우하여 싸웠으나 불리해, 죽거나 다친 사졸들이 매우 많았다. 태조는 날아온 화살에 맞았고 타고 있던 말도 상처를 입었는데, 종제인 조홍이 태조에게 말을 주어 밤중에 달아날 수 있었다. 서영은 태조가 이끄는 군사가 적은데도 온종일 힘써 싸우는 것을 보고 산조는 쉽게 공략할 수 없다 여겨 군을 이끌고 돌아갔다. 〈무제기〉

반동탁 연합은 쉽게 진군하지 못했다. 그만큼 동탁군은 강했다. 천도하는 동탁군의 뒤를 공격하자는 조조의 지극히 당연한 제안에도 엉덩이를 떼지 못했다. 조조는 결국 홀로 나섰다가 대패, 겨우 목숨만 부지해 살아남았다.

《정사》 태조가 산조에 도착했는데, 여러 군의 군사가 10여 만에 이르렀으나 날마다 술을 내어 성대한 주연을 베풀며 진격하려 하지 않았다. 태조가 이를 질책하며 계책을 제시했다.

"제군들은 내 계책을 들어보시오. 발해[13]는 하내의 군사를 이끌고 맹진에 임하게 하고, 산조의 제장들은 성고를 지키며 오창을 점거하고 환원, 태곡을 틀어막아 험요지를 전부 제압하며, 원장군[14]은 남양의 군사를 이끌고 단,[15] 석

---

13) 발해태수 원소
14) 후장군 원술
15) 남양군 단수현

034

[16)]에 주둔하여 무관으로 들어가게 해 삼보를 뒤흔드는 것이오. 모두 보루를 높이고 벽을 깊게 파 싸우지 않고, 의병을 두어 천하에 형세를 과시하며 순으로 역을 토벌하면 충분히 평정할 수 있소. 지금 군사가 의로 일어났으나 의심을 품고 진격하지 않아 천하의 바람을 저버리고 있으니 제군들은 이를 수치스럽게 여겨야 하오." 장막 등은 이 계책을 쓸 수 없었다. 〈무제기〉

겨우 도망친 조조는 다시 한번 진군을 주장했으나, 역시나 받아들여지지 않았다.

《정사》 태조의 군사가 적었으므로 하후돈 등과 함께 양주로 가서 모병하니 자사 진온, 단양태수 주흔이 군사 4천여 명을 주었다. 돌아오는 길에 용항에 당도하자 사졸들이 다수 모반했다. 질, 건평에 이르러 다시 군사 천여 명을 모으고 진군하여 하내에 주둔했다. 〈무제기〉

《위서》 군사들이 모반해 밤중에 태조의 장막을 불태웠다. 태조가 손수 검으로 수십 명을 죽이고 나머지가 모두 패하여 흩어지자 영 밖으로 나올 수 있었다. 모반하지 않은 자는 5백여 명이었다.

그러고 나서는 서영에게 패배하며 군의 대부분이 사라졌다. 재기를 위해 4천 명을 추가로 모병했지만, 이마저도 모반으로 잃고 만다. 유비도 이때쯤 조조를 떠났다.
빈털터리 신세가 된 조조는 하내로 향했다. 원소가 있는 곳이었다.

---

16) 남양군 석현

하지만 원소라고 해서 상황이 좋지는 않았다.

원소는 사실상 반동탁 연합의 진주인공이었다. 애초에 원소가 소제 폐위를 반대하면서 시작된 연합이다. 더군다나 동탁이 낙양에 있던 원소의 친어머니를 포함, 원씨 일가 50여 명을 살해하며 동정론이 들끓었다.

《후한서》 이때, 호걸들은 이미 원소에게 대부분 귀부한 데다가, 또한 그 집안이 화를 입은 것을 안타깝게 여겼고, 사람마다 원수를 갚아주려 생각하여 주군에서 봉기하니 원 씨의 복수를 명분으로 삼지 않는 자가 없었다. 〈원소열전〉

원소는 자연스레 맹주 중의 한 명으로 추대되었다. 그러나 마음만큼 행동에 쉽게 나서지 못한다. 한복의 견제 때문이다.

《후한서》 한복은 사람들의 마음이 원 씨에게 쏠리는 것을 보고는 원소가 무리를 얻는 것을 꺼리고 훗날 자신을 도모할까 두려워해, 늘 종사를 파견하여 원소의 문을 지키게 했으며, 원소가 군사를 일으키려는 것을 들어주지 않았다.

(…) 한복은 자신의 무리와 함께 모의하여 말하기를 "원 씨를 도와야겠소? 동 씨를 도와야겠소?" 하니, 치중 유혜가 발끈하여 말하기를 "병사를 일으켜 나라를 위하고자 하는데 어찌 원 씨니 동 씨니 하는 것을 물으십니까?" 하였다. 그러나 한복은 원소를 더욱 의심하여 원소에게 공급하는 군량을 줄여 원소의 군대가 흩어지도록 했다. 〈원소열전〉

원소가 하북으로 향했던 것은, 오로지 동탁이 원소를 발해태수로 삼아서였다. 하북에 근거지가 있어서가 아니다. 그러니 군대도 사람도, 전부 처음부터 모아야 했다. 하북의 유력자 한복의 도움이 절대적으로 필요했다.

그러나 한복은 원소를 견제했다. 오히려 군량을 제대로 공급하지 않아 원소의 손발을 묶어버렸다.

원소도 조조도 모두 죽을 쑤는 그때, 오로지 원술만이 잘했다.

물론 군사적 재능이 처참하다시피 한 원술이었기 때문에, 손견의 칼을 빌려야만 했지.

> 《정사》 손견이 양 동쪽으로 옮겨 주둔하였다가, 동탁군에게 크게 공격을 받으니, 손견과 수십 기만이 포위를 뚫고 탈출했다. 손견은 항상 붉은 두건을 쓰고 있었는데, 이에 두건을 벗어 친한 주위 장수 조무에게 이를 쓰게 했다. 동탁의 기병들이 다투어 조무를 추격하니, 손견은 샛길로 탈출할 수 있게 되었다.
>
> 조무는 급박해지자, 말에서 내려 두건을 무덤 사이에 씌어 놓고 기둥에 불을 놓아, 풀 속에 엎드렸다. 동탁의 기병들이 이것을 바라보고는 여러 겹으로 포위하고, 가까이 가서야 이것이 기둥임을 알고 이내 물러갔다. 손견이 다시 병사들을 수습해, 양인성에서 전투를 벌여 동탁군을 크게 격파하고, 도독인 화웅 등을 효수했다. 〈손견전〉

물론 손견도 모든 교전에서 승리하지는 못했다. 바로 그 조조를 패퇴시킨 서영을 만나 위기에 빠지기도 했다. 부하 조무를 이용해 겨우 살아남았을 정도다. 그러나 조조와는 달리 금방 재기에 성공, 화웅을 죽이는 데 성공한다. 《연의》에서는 관우가 죽인 바로 그 화웅이다.

> 《정사》 이때, 어떤 사람이 원술과 손견 사이를 이간질하니, 원술이 의심을

품고 군량을 운반해 주지 않았다. 양인성에서는 노양까지는 1백여 리나 떨어져 있었는데, 손견이 밤에 말을 달려 원술을 만나 땅에 그림을 그려가며 계획을 설명한 뒤 "출군하여 자신을 돌아보지 않는 것은 위로는 나라를 위해 적을 토벌하고 아래로는 장군 가문의 사사로운 원한을 위로하고자 함입니다. 저와 동탁은 골육의 원한이 있는 것도 아닌데, 장군이 참소하는 말을 받아들여 도리어 서로 미워하고 의심하고 있습니다!"라고 말했다.

원술이 조심스러워하며, 곧 군량을 조달해 보내주었다. 손견이 둔영으로 돌아왔다. 〈손견전〉

한복이 원소를 견제했듯, 원술 역시 손견을 견제했다. 애초에 둘의 관계는, 하극상을 벌인 손견을 원술이 품어주면서[17] 시작했다. 원술로서는 손견이 또다시 하극상을 벌이지 않으리라는 확신이 없었겠지.

다행스레 이 의심은 손견의 필사적인 노력으로 금방 사그라들었다. 손견이 밤새 40km를 달려 원술을 만나러 왔던 것이다.

《정사》 동탁이 바로 도읍을 옮겨 서쪽으로 관중으로 들어가며 낙읍을 불태웠다. 손견이 앞장서 입성하여 낙읍에 이르러서, 여러 능묘를 수리하고, 동탁이 파헤쳐 놓은 요새를 바로 해두었다. 〈손견전〉

《오서》 손견이 낙양에 입성해서 한나라 종묘를 깨끗하게 하고, 태뢰로써 제사를 지냈다. 손견이 성 남쪽에 주둔했는데 관아의 우물 위에서 연기가 피어오르며 오색 기운이 있으니, 온 군대가 놀라 괴이하게 여겨, 감히 물 긷는 자

---

17) 〈사이코패스' 손견〉 참고

가 없었다. 손견이 사람을 시켜 우물 속에 들어가 보게 해 한의 전국새를 찾아 냈는데, "하늘에서 명을 받으니, 이제 수가 영원히 창성하리라."라 쓰여 있고, 사방 둘레가 4촌이며 위에는 얽힌 5마리 용이 매여 있는데, 위에 한 부분이 빠져 있었다. 황문인 장양 등이 난을 일으켜 천자를 위협해 빠져나왔을 때, 좌우는 흩어지고 옥새를 담당한 자가 우물 속으로 투신한 것이었다.

원술의 신임을 도로 얻은 손견은 동탁이 불태우고 떠난 도읍, 낙양에 입성했다. 능묘를 수리하고, 옥새를 찾았다. 반동탁 연합 중 가장 그럴싸한 작업을 해낸 셈이다.

《산양공재기》 원술이 참람되어 장차 존칭을 칭하려 했는데, 손견이 전국새를 얻었음을 듣고는, 손견의 부인을 잡아 그것을 빼앗았다.

《산양공재기》에 따르면 옥새는 직후 원술이 가져갔다. 훗날 칭제를 위해서란다. 다만 이때의 원술은 건국이 목표가 아니지 않았을까, 하는 것은 나의 추측.[18]

적장의 목을 베고, 버리고 간 도읍이라고는 하지만 수복에 성공했으니, 반동탁 연합에서 공을 세운 사람은 손견뿐이었다. 나아가 장수의 공은 주군의 공과도 같으니, 원술의 공이라 해야겠다.

---

18) 〈원술은 왜 천자가 되어야만 했나〉 참고

공손찬은 반동탁 연합에 참가하지도 않았다

나관중의 《삼국지연의》에서는 18명의 제후가 반동탁 연합에 참가한다. 이를 18로 제후라 불렀는데, 별칭만큼이나 쟁쟁한 인물들이다. 원술, 한복, 공주, 유대, 왕광, 장막, 교모, 원유, 포신, 공융, 장초, 도겸, 마등, 공손찬, 장양, 손견, 원소, 그리고 조조.

그런데 여기서 다섯 명, 공융, 도겸, 공손찬, 마등, 그리고 장양은 사실 연합에 참가하지 않았다. 그런데 나관중은 이들을 왜 연합의 제후로 설정했을까?

이 다섯의 공통점이 있다. 바로 조조와 반목한 사람들이라는 것. 마찬가지로 유비와 사이좋은 사람들이라 볼 수도 있겠다. 의도가 제법 빤하지 않나.

물론 그렇다고 해서 조조가 반드시 피해자는 아니다. 조조 본인도 제법 올려치기 되었기 때문이다. 당시 조조는 독립된 군벌로 보이지도 않았다. 장홍도 제문에서 조조를 언급하지 않았다.

《정사》 장홍은 곧 제단에 올라가 쟁반에 부어놓은 피를 마시며 맹세했다. "한나라 왕실은 불행하게도 황실의 기강이 법통을 잃었으며, 역적 같은 신하 동탁이 이 기회를 틈타 국가를 어지럽혀 화가 제왕에까지 미쳐 그 잔혹함이 백성들에게까지 흐르고, 국가가 파괴되고 천하가 전복되었습니다. 연주자사 유대, 예주자사 공주, 진류태수 장막, 동군태수 교대, 광릉태수 장초 등은 정의 로운 군대를 규합하여 모두 국가의 어려움을 구할 것입니다. (…)" 〈장홍전〉

손견도 마찬가지다. 손견은 원술의 휘하 장수로 참전했을 뿐, 독립된 군벌은 아니었다. 《후한서》와 《정사》 등의 사서는, 원술이 손견에게 '명령'하는 입장임을 분명하게 나타내고 있다.

《후한서》 손견이 남양태수 장자를 죽이고는 군을 이끌고 원술을 따랐다. 유표가 상서해 원술은 남양태수가 됐고, 원술은 또한 표를 올려 손견이 예주자사를 겸하게 해 형, 예의 군사를 거느리고 양인에서 동탁을 격파하게 했다. 〈원술열전〉

《정사》 초평 3년, 원술이 손견을 시켜 형주를 정벌시키니, 유표를 공격했다. 〈손견전〉

그렇다면 유비는 어떨까? 《연의》에서는 공손찬 밑에서 반동탁 연합에 참가했다고 하는데, 공손찬은 실제로 연합에 참가하지 않았다.
유비는 공손찬 대신 조조와 함께 싸웠다.

《영웅기》　　영제 말년, 유비는 일찍이 수도에 있다가, 다시 조공[19]과 함께 패국으로 돌아와 무리를 합쳤다. 때마침 영제가 죽어 천하에 대란이 일어나니, 유비 또한 군을 일으켜 동탁을 토벌하는 데 종군했다.

둘의 인연, 생각보다 깊지 않나.

19)　조조

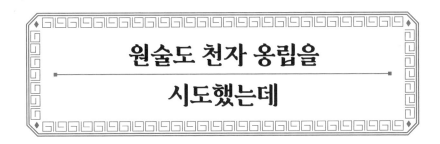

원술도 천자 옹립을
시도했는데

협천자에 나선 제후는 조조뿐이 아니었다. 양봉이나 한섬의 이야기가 아니다. 원술 역시 천자 옹립에 나선 바가 있다. 심지어 성공할 뻔했다.

《정사》 태조[20]가 장차 천자를 영접하려 하자 제장들 중에 간혹 반대하는 자가 있었으나, 순욱, 정욱이 권하자 조홍을 보내 군을 이끌고 서쪽으로 가서 천자를 영접하도록 했다. 위장군 동승이 원술의 장수 장노와 함께 험준한 곳을 막고 있었으므로 조홍은 진군할 수 없었다.

여남과 영천의 황건적 하의, 유벽, 황소, 하만 등은 각각 그 무리가 수만에 이르렀는데, 처음에 원술에 호응했다가 다시 [원술의 지지 세력인] 손견에 붙었다. 2월, 태조가 진군하여 이를 깨뜨리고 유벽, 황소 등을 참수하자 하의의 무

---

20) 조조

리가 모두 투항했다. 천자가 태조를 건덕장군으로 임명했다. 〈무제기〉

조조는 원래 조홍을 보내 헌제의 구출을 시도했다. 하지만 이 시도는 무위로 돌아갔는데, 동승이 원술과 손을 잡고 이를 막았기 때문. 조조는 직접 나서서 다른 길로 우회한 후에야 헌제를 옹립할 수 있었다. 참고로 이 동승은 훗날 의대조 사건의 중심인물이 되는, 헌제의 장인인 그 동승 맞다.

우회하는 과정도 치열했는지, 조진의 아버지가 조조를 지키다가 죽었다는 이야기도 있다.

> 《위략》　조진은 본래 성이 진이었는데 조 씨의 양자가 되었다. 혹은 "그의 부친인 백남은 일찍부터 태조와 서로 친했다. 흥평 말, 원술의 부당이 태조와 서로 공격하니 태조가 출군했다가 적군에게 뒤쫓겨 달아나 진 씨의 집으로 들어갔다. 백남은 문을 열고 그를 맞아들였다.
> 적군이 태조의 소재를 묻자 '내가 그 사람이다.'라 답했다가 결국 해를 입었다. 이로 말미암아 태조가 그의 공을 기려 그의 성을 바꾸었다."고도 한다.

천자 옹립을 시도했다. 다시 말하자면 천자 옹립의 중요성을 알고 있었다는 뜻이다.

즉, 원술도 천자의 중요성을 일찌감치 파악하고 있었다. 그뿐 아니다. 동승과 투합했다는 부분에서도 알 수 있듯이, 조정 대신과의 연도 끊지 않고 있었다. 어쩌면 조조보다도 훨씬 더 정치적인 인물이었을지도 모른다.

시계를 조금만 앞으로, 반동탁 연합이 끝날 무렵으로 돌려볼까.

《오서》　유주목 유우에겐 오랫동안 덕망이 있었기에, 원소 등은 그를 세워 당시를 편안케 하고자 했고, 사람을 시켜 이를 원술에게 알렸다. 원술은 한왕실이 쇠퇴하였음을 보고, 몰래 다른 뜻을 품으면서 겉으로는 공의를 핑계 대며 원소와 대적했다.

　이 무렵 원소는 원술에게 손을 내밀었다. 함께 유우를 추대하자고. 원술은 곧바로 정공법을 쓰며 거절했다.
　당시 원술에게 손을 내밀었던 사람이 하나 더 있었다. 천자로 추대받은 유우 본인이다.

《후한서》　이때 연 우북평군 사람 전주와 종사 선우은을 뽑아 샛길로 몰래 가게 하여 장안에 사신으로 보냈다.
　헌제는 이미 동쪽으로 돌아갈 생각을 품은 터라 전주 등을 만나고는 크게 기뻐했다. 이때 유우의 아들 유화를 시중으로 삼았었는데 유화를 보내어 은밀히 무관을 빠져나가 유우에게 알리고 군사를 거느리고 와서 맞이하도록 했다.
　남양을 경유하는 길이라, 후장군 원술이 그 상황을 전해 듣고는 마침내 유화를 인질로 삼고서 사자를 보내 유우가 병사를 보내면 함께 서쪽으로 [갈 것처럼] 보고하게 했다. 유우는 이에 수천의 기병으로 하여금 유화에게 가게 하고, 천자를 받들어 맞이하게 했으나 원술은 끝내 보내지 않았다.
　당초, 공손찬은 원술의 거짓말임을 알아채고 유우가 군사를 보내는 것을 굳게 말렸으나 유우는 따르지 않았다. 공손찬은 이에 은밀히 원술에게 권하여 유화를 잡아두고 그 병사를 빼앗게 했다. 이때부터 공손찬과 원한이 더욱 깊어졌다. 유화는 이윽고 원술에게서 도망쳐 나와 북쪽으로 돌아갔는데 다시 원소에게 체류당했다. 〈유우열전〉

유우는 천자 추대를 완강하게 거절했다. 대신, 스스로 헌제의 보호자가 되기 위해 나섰다. 낙양으로 돌아가고 싶었던 헌제도 황실의 종친 유우를 크게 기꺼워했다. 유우의 높은 명망도 당연히 도움이 되었겠고.

유우의 아들 유화와 만난 원술은 유우의 계획에 협조하기로 약속했다. 하지만 원술은 이미 공손찬과 동맹을 맺고 있던 상황. 유우와 사이가 나빴던 공손찬은 원술에게 유화의 병사를 뺏도록 권유했다.

이로써 유우의 헌제 옹립 계획은 망가져 버렸고, 유우는 오래지 않아 공손찬에게 공개 처형되고 만다.

원소나 유우 둘 다 대권에 가장 가까운 사람들이었다. 그랬던 두 사람이 원술에게 협조를 부탁했다. 그만큼 원술은 단기간에 남양을, 형주를 장악했다. 원술의 영향력을 알 수 있는 부분이다.

그렇다면 원술은 왜 둘의 제안을 거절했을까.

주석에서는 참칭의 마음이 있었기 때문이라고 하지만, 그보다는 공로와 권력을 나누고 싶지 않은 마음이 아닐까 싶다.

원술은 반동탁 연합 당시 유일하게 공을 세운 사람이다. 어쨌든 부하 손견을 시켜 화웅을 처치했고, 낙양에 입성했으며, 황묘를 재건했다.

반동탁 연합은 헌제 구출 작전이기도 했다. 이런 상황에서 원소가 유우를 추대하면, 원술의 공은 없어져 버린다. 마찬가지로 유우가 황실 종친의 자격으로 섭정대신이 되어버리면, 원술의 존재감은 한없이 미약해진다.

대신, 홀로 우뚝 설 수 있을 때는 전면에 나섰다.

기록에 따르면 당시 헌제를 따르던 대신은 10명가량에 불과했다.

《정사》 양봉, 한섬 등은 마침내 천자를 모셔 안읍에 도읍하니 [황제가] 소달구지를 타고 태위 양표, 태복 한융 등 근신으로 수종하는 자는 10여 명이었다.

〈동탁전〉

몇 명만 살펴보자. 동승은 원술과 손을 잡아 조조의 협천자를 막았다. 양표는 원술의 매형 혹은 매제였다. 양봉과 한섬은 권력에서 실각한 후 원술에게로 달아났다.

그러니 조정에서 원술을 선택한 것도 당연하겠다. 원술은 어쨌든 동탁 토벌전 당시 유일하게 공을 세웠으며, 또 유우 추대도 거절했던 터다. 게다가 조정과의 연도 확실했으니 더더욱.

하지만 모두들 알다시피, 원술의 천자 옹립은 실패로 돌아갔다.

그리고 2년 후, 원술은 스스로 황제가 된다.

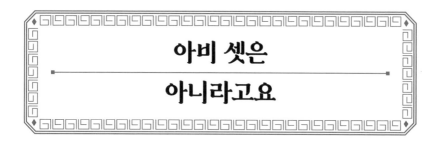

아비 셋은
아니라고요

《연의》 그 옆에 한 장수가 고리눈을 부릅뜨고 치솟은 호랑이 수염에 장팔사모를 꼬나잡은 채 나는 듯이 말을 달려 크게 외치기를, "세 가지 성을 가진 종놈은 멈추어라. 연인 장비가 여기 있다."고 했다.

《연의》에서 장비는 여포를 삼성가노(三姓家奴)라 부른다. 아비 셋 있는 종놈이라는 뜻이다.

이 세 명은 친아버지, 첫 번째 양아버지 정원, 그리고 두 번째 양아버지 동탁이다. 이렇게 보면 더더욱 패륜아다. 아버지를 셋이나 둔 것도 기괴한데, 그중 둘을 직접 죽인 셈이니까.

물론 아버지 셋은 《연의》의 창작이다. 실제로 정원은 여포의 양아버지가 아니었다. 여포의 인의 없음을 강조하기 위해 각색했을 뿐.

《정사》　병주자사 정원이 기도위가 되어 하내에 주둔하니 여포를 주부로 삼아 크게 친근하게 대우했다. 영제가 붕어하자 정원은 군을 이끌고 낙양으로 가 하진과 함께 여러 황문들을 주살할 것을 도모하고 집금오에 임명됐다.

하진이 패망하고 동탁이 수도로 들어오니, 장차 난을 일으키기 위해 정원을 죽이고 그 군사들을 아우르려 했다. 동탁은 여포가 정원에게 신임받는 것을 보고 여포를 꾀어 정원을 죽이게 했다. 여포가 정원의 머리를 베어 동탁에게로 나아가니 동탁은 여포를 기도위로 삼고는, 매우 아끼고 신임하여 부자 사이가 되기로 맹세했다. 〈여포전〉

물론 아버지가 아니라고 해서 목을 베도 된다는 뜻은 아니다. 특히 정원은 여포를 직접 발탁했을 뿐 아니라 환대까지 해준 상관 아닌가.

다만 정원도 완전히 무결한 사람은 아니다. 어쨌든 하진과 원소의 계략에 따라, 아무 죄 없는 맹진 인근의 백성을 도륙하고 마을을 불 질렀으니까.[21]

그렇다고는 해도, 여포는 오로지 동탁의 후한 대접에 넘어가 정원을 죽였다. 아비 셋은 아닐지언정, 인의 없는 인간이라 까여도 할 말은 없지.

---

21) 〈십상시를 죽이려거든 백성부터 죽여라〉 참고

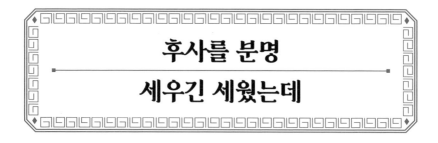

후사를 분명
세우긴 세웠는데

대부분의 삼국지 관련 매체는 조조의 하북 정벌을 길게 다루지 않는다. 관도대전 후 원소가 후계자를 제대로 정하지 않고 죽어, 강성했던 하북은 원담파와 원상파로 나뉘었고, 조조가 내분을 이용해 형제를 무너뜨렸다는 정도로만 넘어간다.

> **《정사》** 심배와 봉기는 신평, 곽도와 권력을 다투었는데, 심배와 봉기는 원상을 좇았고 신평과 곽도는 원담을 따랐다. 많은 사람들이 장자인 원담을 후사로 세우고자 했다. 심배 등은 원담이 후사를 이으면 신평 등이 자기를 해할 것이라 여겨 원소의 본래 뜻을 따른다 하며 원상을 받들어 후사로 세웠다. 〈원소전〉

원상의 후계 등극은 원소보다는 심배의 뜻으로 보인다. 원담파와 사이가 나쁜 심배와 봉기가, 원담의 부재를 틈타 원상을 후사로 세운 모양새다.

가뜩이나 우유부단하다고 욕을 먹은 원소는 이로 인해 더 욕을 먹게 되었다. 갈팡질팡하다가 후사도 제대로 못 세웠다고 말이야.

하지만 원소는 일찍부터 원상을 후계자로 정한 상태였다. 원소의 의사가 없었다면, 심배나 봉기 등의 최측근이 장자를 두고 막내를 추대할 수 없었겠지.

승계 작업을 위해, 원소는 원담을 죽은 형의 양자로 입적시킨다. 자신의 아들이 아니라 못 박은 셈이다. 원담은 원소를 아버지 대신 숙부라 불러야 했다.

> **《한진춘추》** 심배가 원담에게 서신을 써서 이르길, "일찍이 선공[22]은 장군을 폐출하여 존형[23]을 잇게 하고 우리 장군[24]을 세워 적사로 삼으니 위로는 신대에 고하고 밑으로는 족보를 써서 남겼다. 선공은 장군을 조카라 칭했고 장군은 선공을 숙부라 칭했으니 세상에서 누가 이를 알지 못하겠는가?"

> **《후한서》** 곽도와 신평이 원담에게 말하길, "선공[25]께서 장군으로 하여금 형의 후사를 잇게 한 것은 심배가 제안한 것입니다."라고 하자 원담이 이를 그럴듯하다고 생각했다. 〈원담열전〉

그렇다면 원소는 왜 맏이와 차남 대신, 막내 원상을 후계자로 낙점했을까?

---

22) 원소
23) 원소의 죽은 형 원기
24) 원상
25) 원소

원담은 나이가 많고 자혜로웠으며, 원상은 어리고 미모가 빼어났다. 원소의 후처 유 씨가 총애를 받는데, [유 씨는] 원상을 심하게 편애하였으므로, 원소에게 원상의 재능을 자주 칭찬했다. 원소 또한 원상의 모습을 기특히 여겼으므로, 장차 원상으로 하여금 후계를 잇도록 하려 했다. 이에, 원담으로 (원소의) 형의 후사를 잇도록 하고, 청주자사로 삼아 내보냈다. 〈원소열전〉

요약하자면, 원상이 잘생겨서. 당대에는 외모가 곧 스펙이었으니 그럴 수도 있겠다.

하지만 원상에게는 외모 이상의 무언가가 있었다.

원소 사후, 원상은 고작해야 열다섯 혹은 열여섯 정도의 나이였다. 막 관례를 치렀을 나이였겠다.

《후한서》 조조가 계속 공격해 오자 원상이 역격하여 조조를 격파했다. 이에 조조가 허도로 귀환했다. 〈원담열전〉

《정사》 11월, [후출사표를] 상언했다. "(…) 조조의 지계가 절륜하고 용병하는 것은 손자, 오자를 방불케 했으나, 남양에서 곤란을 겪고 오소에서 위험에 처하고, 기련에서 위태로움을 겪고 여양에서 핍박당하고, 북산에서 거의 패하고 동관에서 거의 죽을 뻔한 뒤에야 겨우 한때의 거짓된 평정을 이루었습니다." 〈제갈량전〉

겨우 성인이 된 원상은, 아버지도 이기지 못했던 바로 그 조조를 격퇴했다. 조조가 허도로 귀환해야 했을 정도다.

될성부른 나무는 떡잎부터 다르다고, 원소도 원상의 재능을 일찍부터 알아차렸을지도 모른다. 그리고 이 선택의 당위성은 여양에서의 승리가 증명한다.

문제는 그러면서도 원담에게 군권을 줬다는 데 있다. 장자가 병권을 쥐고 있다. 당연히 높은 자리가 탐나지 않겠어?

그런데 원소로서는 어쩔 수 없었다.

진시황이 아직 왕이던 시절, 초나라 정벌에 나섰을 때다. 장수 왕전은 무려 60만 대군을 이끌고 초로 향했다. 이는 진이 당시 동원할 수 있는 총 병력이었기 때문에, 왕은 반역을 걱정했다.

이를 간파한 왕전은 틈만 나면 사신을 보내 제후의 자리, 토지, 저택 등을 요구했다. 왕은 반역의 의도가 있는 장수라면 상을 요구할 리 없다고 판단, 왕전을 믿게 되었다. 왕전은 그렇게 탐욕의 탈을 쓴 후에야 무사할 수 있었다.

군권을 지닌 장수는 군주의 의심을 사기 마련이다. 난세라면 더하겠지. 그래서 보통의 군주는 믿을만한 친인척에게 병사를 주곤 했다. 영제는 황건의 난이 일어나자 황후의 오라비인 하진을 대장군으로 삼았고, 조조는 육촌 아우인 조인을 군부의 실질적인 1인자로 삼았다.

물론 그렇지 않았던 군주도 있다. 위의 문제인 조예. 조씨 집안에서 자란 조진과 조휴가 죽자 사마의에게 군권을 줬다. 그리고 우리는 조위가 사마씨에게 어떻게 먹혔는지 알고 있지. 그나마도 조예는 다른 수가 없었다. 조비가 이미 종친을 때려잡았기 때문에.

반드시 잘못된 일도 아니었다. 종친과 권력을 나눠 먹은 사마씨의 진을 보자. 결국에는 팔왕의 난이 일어났고, 국가는 멸망의 길을 걸었다.

원소도 마찬가지였다. 원씨 가문의 모든 사람들이 원술을 따라갔던 터다. 원소에게는 믿을만한 친척이 남아 있지 않았다. 그랬기 때문에 아들들, 나아가 조카인 고간에게 군권을 맡겼다. 그래야 했다.

원상은 그 어린 나이에 여양 전투에서 조조와 싸워 이겼을 정도로 특출난 재능을 지니고 있었으니, 원소의 후계자 보는 안목은 훌륭했다. 원상으로의 승계 작업을 위해, 원소는 원담을 미리 형의 양자로 입적, 장자에서 폐출했다. 하지만 믿을만한 친인척이 없었기 때문에 원담에게 군권을 줄 수밖에 없었다.

아마 원소가 조금만 더 오래 살았다면, 죽기 전에 원담을 제거하지 않았을까? 그랬다면 후계 다툼도 없었겠지.

그래서 더더욱, 이 점에서 원소를 비판하기는 어렵다. 원소는 40대 후반에서 50대 초반, 제법 이른 나이에 죽었다. 조조도 이 나이에는 후계를 세우지 않았다.

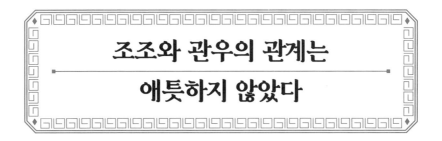

조조와 관우의 관계는
애틋하지 않았다

앞서 말했듯, 나관중은 관우와 조조의 관계에 상당한 지분을 할애했다. 둘의 관계가 소설 초중반의 한 축을 담당한다고 봐도 좋을 정도다.

둘의 서사를 정리하자면 다음과 같다.

1. 반동탁 연합 당시, 화웅을 대적할 자가 없어 고민이던 상황. 한낱 마궁수에 불과했던 관우가 화웅과의 일기토를 자청한다. 모두가 면박을 주는데, 오로지 조조만이 관우에게 술 한잔을 권하며 격려한다. 관우는 술이 식기 전 화웅의 목을 들고 돌아옴으로써 조조에게 깊은 인상을 남긴다.

2. 하비에서 관우를 포위한 조조. 장료가 죽음으로 항전할 경우 3가지 죄를 짓게 된다며 설득하자, 관우는 3가지 조건을 걸고 항복을 약속한다. 조조는 이 조건을 모두 들어주겠다며 부하의 만류에도 불구, 군사

를 물린다.

3. 관우의 마음을 사로잡기 위해, 조조는 금은보화는 물론 새 전포와 적토마를 하사한다. 관우는 "나중에 형님을 빨리 보러 갈 수 있겠다."며 기뻐한다.

4. 관도대전이 시작되고, 조조는 관우가 공을 세우면 빚을 다 갚았다 여기고 자신을 떠날까 불안해한다.

5. 관우가 안량과 문추의 수급을 얻는 큰 공을 세운다.

6. 공을 세운 관우가 떠나기 위해 조조에게 인사하려고 하자, 조조는 피객패를 건다. 그러자 결국 피객패고 뭐고 떠나게 된 관우는, 다섯 관을 지나며 여섯 명의 장수를 죽인다. 조조는 그럼에도 관우를 용서하고 보내준다.

7. 적벽대전에서 대패한 조조를 사로잡아야 하는 상황. 제갈량은 관우가 조조와 친분이 있다며 출진을 반대하는데, 관우는 "명령을 어길 시 죽음으로 갚겠다."는 군령장을 쓴다. 하지만 막상 조조를 만나게 되자 인정에 못 이기고 조조를 못 이기는 척 보내준다.

8. 관우의 수급을 받은 조조. "어찌하여 목만 오셨소."라며 한탄한다.

실제로는 어땠을까?

1. 나관중의 창작. 실제 화웅을 죽인 사람은 손견이었다.

2. 일부 나관중의 창작. 대패한 유비가 처자와 관우를 내버려둔 채 원소에게로 달아나자, 조조는 하비를 쳐서 관우를 사로잡고 부하로 삼는다. 장료가 말한 3가지 죄나, 관우가 내건 3가지 조건 모두 나관중의 창작이다.

3. 일부 나관중의 창작. 관우를 편장군으로 삼는 등, 조조가 관우를 상당히 두텁게 대우하기는 했다. 다만 전포나 적토마 일화는 나관중의 창작이다.

4. 나관중의 창작. 조조는 일찍부터 장료와 관우를 선봉으로 삼았다. 당시 조조는 상당한 열세였기에 능력 있는 장수를 활용하지 않을 여유 따위는 없었다.

5. 일부 나관중의 창작. 안량은 관우가 일기토를 통해 죽였다. 문추는 관우가 조조를 떠난 후 죽었다.

6. 일부 나관중의 창작. 조조는 실제로 상당히 흔쾌히 관우를 보내줘서, 배송지가 주석을 통해 "조조는 관우가 머물지 않을 것을 알고도 마음으로 그 뜻을 가상히 여겨, 떠나는 관우를 추격하지 않아 의가 이루어지게 했다. 스스로 패왕의 도량을 품지 않고 어찌 이런 일을 할 수 있겠는가? 이는 실로 조조의 훌륭한 행동"이라며 극찬했다. 오관육참은 평화의 창작으로, 나관중이 차용했다.

7. 나관중의 창작.

8. 《정사》에서도, 《연의》에서도 나오지 않는 내용.

《정사》에 나온 둘의 서사는 다음과 같다.

> **《정사》** 조공[26]은 관우를 사로잡고 돌아와 편장군에 임명하고 매우 두텁게 예우했다.
>
> (…) 당초 조공은 관우의 사람됨을 크게 여겼으나 그의 심신에 오래 머물 뜻이

---

26) 조조

없음을 살피고는 장료에게 이르길 "경이 시험 삼아 그의 뜻을 물어보시오."라고 했다.

그 뒤 장료가 관우에게 묻자 관우가 탄식하며 말했다, "나는 조공께서 후히 대우해 주시는 것을 잘 알고 있으나, 유장군[27]의 두터운 은혜를 입었고 함께 죽기로 맹세했으니 이를 저버릴 수는 없소. 나는 여기 끝까지 머물 수는 없으나 반드시 공을 세워 조공께 보답한 뒤에 떠날 것이오."

장료가 관우의 말을 조공에게 보고하니 조공이 이를 의롭게 여겼다. 〈관우전〉

이렇게가 전부다. 이러니 나관중의 창작 능력에 경의를 표하게 될 수밖에. 동북아시아를 점령한 소설이다. 아무나 쓰는 것이 아니다.

---

27) 좌장군 유비

인물
다시 보기

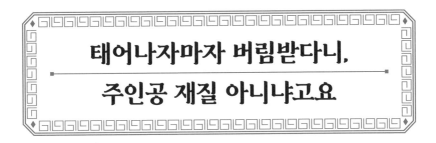

태어나자마자 버림받다니,
주인공 재질 아니냐고요

태어나자마자 아버지에게 버림받은 명문가의 사생아. 정실 아들보다 뛰어난 능력과 높은 평판을 발판 삼아 권력의 핵심으로 부상하고… 같은 이야기. 흔히 볼 수 있는 드라마나 무협소설의 주인공 느낌 아닌가.

《위서》 원소는 원봉의 서자로 원술의 이복형인데, 원성에게 출후하여 그의 아들이 되었다.

《영웅기》 모친의 상을 만나 복상을 마치고는 또한 [예전에 죽은] 부친을 위해 복을 추행하니 총 6년 동안 무덤 옆의 움막에서 지냈다.

[배송지] 신 송지가 보건대 《위서》에서 원소는 원봉의 서자로 백부 원성에게 출후했다고 하였는데 이 [영웅]기에서 말하는 대로라면 실제 원성이 낳은

자식으로 보인다. 무릇 사람이 추복하는 것은 낳은 자식인 경우에도 예에 그러한 글이 없는데 하물며 후사를 이은 양자가 이를 행할 수 있단 말인가! 두 책 중 무엇이 옳은지 알 수 없다.

《일사전》 원소와 동생 원술이 모친상을 당해 여남으로 돌아가 장사지냈다.

《위서》에 따르면, 원소는 원술의 친아버지인 원봉의 서자였다. 그러나 일찍 죽은 백부 원성의 아들로 입적되고. 추후에는 이 양아버지의 삼년상을 치른다.

배송지는 여기서 의문을 제기한다. 친자도 하기 힘든 삼년상을 어떻게 양자가 하겠냐고.

하지만 사서에 이름 올리기가 어디 쉬운 일인가. 친자도 못 하는 일을 해낸 양자쯤은 되어야 하지 않을까. 바로 원소처럼 말이야.

《후한서》 호걸들이 원소에게 많이 붙기에 원술이 노하여 말하길, "천한 것들이 나를 따르지 않고 우리 집 종놈을 따르는구나!" 했다. 또한 공손찬에게 편지를 보내 원소는 원씨의 자식이 아니라 했기에 원소는 이를 듣고 대노하였다. 〈원술열전〉

《전략》 [공손찬이 원소의 죄상에 대해 올린 표에 이르기를] "(…) 춘추의 뜻에서는 자식은 모친의 지위에 따라 귀해진다 했습니다. 원소의 모친은 계집종이니 원소는 실제로는 미천한 자로 다른 이의 후사가 될 수 없으며, 의로 볼 때 마땅한 일이 아닙니다."

배송지의 의문은 의문으로 남겨두고, 사서의 기록만 정리하면 이렇다. 원소는 원술의 친아버지 원봉의 서자다. 어머니는 노비였다.

원봉은 얼자였던 원소를 죽은 형인 원성의 양아들로 삼는다. 배 속에 있을 때부터 그럴 계획이었을 것이다. 이름부터가 다른 집안의 뒤를 잇는다는 뜻의 紹이기 때문.

그 덕에 원소는 정계에 수월하게 진출할 수 있었다. 그저 얼자였으면 아무래도 조금쯤 어려웠겠지.

그리고 원소의 아들도 같은 길을 걷게 된다.[28]

---

28) 〈후사를 분명 세우긴 세웠는데〉 참고

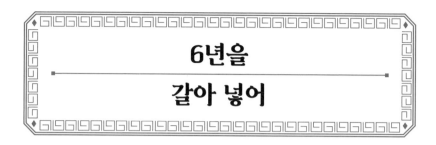

6년을
갈아 넣어

당고의 금은 청류의 명맥을 끊어놓았다. 수백 명이나 되는 청류파 인사들이 죽거나 옥에 갇혔다. 죽지 않은 사람들은 숨 죽은 듯이 살았다. 이들을 다시 모으기 위해서는, 새로운 구심점이 필요했다.

그리고, 원소가 등장했다.

원씨 일족은 청류가 아니었다. 원씨는 4대에 걸쳐 다섯 명의 삼공을 배출한 사세오공의 집안이자, 4대 연속으로 삼공을 배출한 사세삼공의 집안이었다. 탁류와 결탁하지 않고서는 불가능한 일이다. 당고의 금 당시에도 전혀 영향을 받지 않았으니, 청류와는 거리가 멀어도 한참 멀었겠다.

원소는 가문과 전혀 다른 행보를 택했다.

원소의 유명세는 두 번의 삼년상에서 나왔다. 어머니 아닌 여자를 위해 삼년상을 치른 후, 아버지 아닌 남자를 위해 삼년상을 마저 치렀다.

삼년상은 쉬운 일이 아니다. 여름이고 겨울이고 무덤 옆의 움막에서 살아야 한다. 겹이불도 덮을 수 없다. 조문객이 오면 손님맞이까지 해야 한다. 와중에 고기도 먹을 수 없으니, 체력 보충도 쉽지 않다. 고기는 무슨 고기, 아파도 약 하나 먹을 수 없다.

《진서》 [진수는] 부친상 도중 질병에 걸려 여종에게 환약을 만들게 했기에 고향에서 좋지 않게 평가했다. 〈진수열전〉

원소는 수많은 감시 속에서도 두 번의 삼년상을 완벽하게 해냈다. 그나마도 생모, 생부가 아닌 사람들을 위해. 효도만큼 유교적인 행동은 없었으니, 원소가 청류의 거두가 된 것도 당연하다.

두 번의 삼년상이 끝나자, 온갖 명사들이 원소를 찾아왔다. 그만큼 원소의 육년상은 충격적이었다. 그 이상으로 재야에 숨어 있던 청류파 인사에게는 구심점이, 혹은 구원자가 절실했다.

《후한서》 원소는 외모가 빼어나고 위엄 있는 모습이었는데 명사들을 아끼고 봉양하였다. 이미 조상이 여러 대에 걸쳐 삼공을 지냈으므로 빈객들이 귀부했고, 원소 역시 더욱 마음을 기울여 자신을 굽히고 사람들과 사귀었다. 그렇기에 그의 집으로 앞을 다투어 달려오지 않는 현사가 없었으며, 원소는 선비들이라면 귀하고 천한 신분을 막론하고 대등한 예로 대하니, 원소를 찾아온 빈객들의 귀하고 낮은 여러 가지 수레들이 잇대어 거리를 가득 메웠다. 〈원소열전〉

원소는 여기서 멈추지 않았다. 기대에 톡톡히 부응했다. 당고의 금으로 화를 입은 청류 인사를 공공연하게 보호했다. 탁류인 환관과 대놓고 적대하면서까지.

《후한서》　이 무렵 당사가 다시 일어나 모두 난을 피해 떠났는데, 하옹은 몰래 낙양으로 들어가 원소를 따라 계책을 의논했다. 〈당고열전〉

하지만 원씨는 원씨였다. 탁류는 자신의 든든한 우군이었던 원씨 가문에 손을 대지 못했다. 아직은 연좌제가 막강하던 시대였다. 원소 하나 잡자고 남은 모든 원씨를 불태울 수도 없다.

환관은 회유를 시도했다. 상당히 자존심이 상하는 일이었겠지.

《후한서》　이 때문에 내관들이 모두 그를 미워했다. 중상시 조충이 궁궐 안에서 말하기를, "원본초[29]는 가만히 앉아 명성을 쌓고 그를 위해 죽음을 겁내지 않는 선비들을 봉양하기 좋아하니 이 애가 끝내 무엇을 하려는 것인지 모르겠소." 했다. 원소의 숙부인 태부 원외가 소문을 듣고는 원소를 불러 조충이 했던 말로 책망했으나 원소는 끝내 고치지 않았다. 〈원소열전〉

원소는 여기서 한발 나아가, 마지막 남은 자존심마저 짓밟아 버렸다. 환관의 호의를, 접근을 거절했다는 소문이 퍼져나갔다. 원소의 숙부 원외는 깜짝 놀라 원소를 꾸짖었지만, 원소는 아랑곳하지 않았다.

피 안 섞인 부모를 위해 삼년상을 두 번이나 지낸 불세출의 효자다. 그 효자가 권력자에게 당당하게 맞섰다. 그뿐 아니다. 청류 인사를 구원

---

29)　원소

해 주기까지 했다.

인재라고는 모조리 죽거나, 옥에 갇혔던 상황. 원소는 청류의 구심점이 될 수밖에 없었다. 혹은 청류 그 자체였을지도 모른다.

여담으로, 삼년상은 사실 3년이 아니다. 삼년상의 3년은 만 3년이 아니라 3년 차를 의미하거든. 한 번당 27, 28개월 정도다. 6년이 아니라 5년 정도 되겠다. 그래도 삼년상을 두 번 하면 육년상 느낌이긴 하니까.

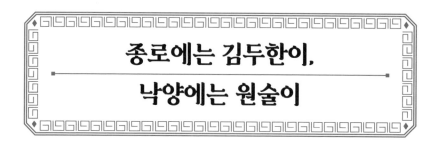

종로에는 김두한이,
낙양에는 원술이

원술이라는 이름을 들으면 떠오르는 이미지가 있다. 세상 물정은 전혀 모르면서, 의심만 많은 명문가 도련님. 혈통과 운으로 땅을 차지하고는, 주제도 모르고 천자의 자리까지 올랐던.

그런데 그런 사람이라면 애초에 이름을 알리고, 세력을 구축할 수 있었을까? 난세는 그렇게 호락호락하지 않다.

《후한서》 젊은 시절 호방하고 의협심이 강하다고 알려져 자주 여러 공자들과 더불어 사냥을 즐겼으나 후에 자못 절개를 꺾었다. 〈원술열전〉

《한기》 당시에 원술도 원소와 함께 호걸로 명성을 날렸지만, 하옹은 그를 꾸밈이 많은 사람이라 여겼다.

《후한서》　또 원씨는 여러 대에 걸쳐 총애를 매우 많이 받아 수도의 민심이 귀의하였다. 원소는 평소에 선비들을 돌보는 것을 잘하여 능히 호걸을 얻어 쓸 수 있었고, 종제 호분중랑장 원술 또한 의협심을 숭상했으므로 아울러 후하게 대우했다. 〈하진열전〉

원술은 젊은 시절부터 인기가 많았다. 명성만 보면 청류 그 자체였던 원소[30]와 어깨를 나란히 했을 정도다.

다만 인기를, 명성을 얻은 방식은 원소와 정반대였다. 《후한서》는 원술이 "의협심이 강하다고 알려져" 있었다고 기술한다.

원술은 협객으로서 이름을 떨친 것이다.

협객은 중국 역사에서 떼려야 뗄 수 없는 존재다. 땅도 넓은 데다 인구도 많으니, 통일 왕조의 공권력과 행정력으로는 치안을 유지할 수가 없었다.

협객의 등장은 필연적이었다. 적당히 보상을 받고 법의 테두리 밖에 있는 사람들을 보호하기 위해서. 한의 고조 유방도 이렇게 협객을 모아 유협 집단을 이끌며 이름을 얻었다.

그런데 이거, 다른 직업군이 떠오르지 않냐. 온갖 미사여구를 빼면, 결국 조폭이 하는 일이잖아?

실제로 원술의 당시 별명은 "거리 위의 악귀"였다. 너무나도 조폭스럽게.

[혜동]　《북당서초》에서 〈위지〉를 인용, "원술은 장수교위로 임명되어 사치를 좋아하니 수레와 말을 비단으로 성대하게 꾸몄다. 남들에게 기고만장하니

---

30) 〈6년을 갈아 넣어〉 참고

사람들이 길 위의 한귀 원장수[31]라 일컬었다."라고 했다. 지금 〈위지〉에는 실려 있지 않다.

조폭이든, 협객이든, 원술은 무력을 발판으로 성장했다. 일반적인 사대부 도련님과는 다른 행보였다.

그 성장이 어지간히 눈에 띄었나 보다. 원술은 하진에게 스카우트되었고, 그 후에는 누구보다 빠르게 승진했다.

[왕선겸]　혜동이 말하기를 "《영웅기》에는 '원소가 고제로 천거되어 시어사로 승진했다. 아우 원술이 상서가 되니 원소는 상서대 아래 있고 싶지 않아, 병이 났다 아뢰고는 물러나기를 청했다.' 했다."

《후한서》　효렴에 천거돼 여기저기 여러 번 옮겨져 벼슬이 하남윤, 호분중랑장에 이르렀다. 〈원술열전〉

하남윤은 수도의 장관이며, 호분중랑장은 군권을 지닌 궁중의 근위관이다. 난세임을 감안해도 초고속 승진이다. 삼년상을 두 번이나 치른 그 원소보다도 높은 자리다.

동탁 치하에서는 후장군까지 된다.

《정사》　동탁이 황제를 폐위하려 하며 원술을 후장군으로 삼았다. 〈원술전〉

---

31)　장수교위 원술

후장군은 사방장군의 하나다. 위의 그 유명한 오자양장이 구르고 구른 끝에 올랐던 최종 직책이 보통 사방장군이었다. 유비는 조조의 회유를 받을 당시 같은 사방장군의 하나인 좌장군이 되었고, 이 칭호는 한중왕이 될 때까지 잘 써먹었다. 적벽대전조차 좌장군의 기치를 내걸고 싸웠을 정도다. 그렇게나 높은 지위였다.

물론 원소를 견제하기 위해서기도 했겠지. 하지만 그 많고 많은 원씨 중에 원술을 선택한 것은, 원술 본인의 명성이 높았기 때문이다. 실제로 원술의 동복형인 원기에게는 회유의 시도가 없었다. 원기야말로 훨씬 더 사대부다웠을 텐데.

그리고 유비가 조조를 떠났으면서도 좌장군의 인수는 잘만 써먹었듯, 원술 역시 동탁을 떠났으면서도 후장군으로서의 인수는 잘만 써먹었다. 스스로 천자의 자리에 오를 때까지도.

어쩌면 원술이야말로 난세 특화 도련님이었을지도 모른다.

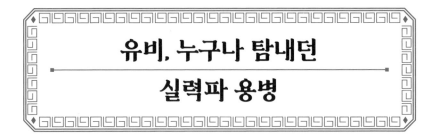

유비, 누구나 탐내던
실력파 용병

게임 '삼국지 조조전'에서의 모습과는 달리, 순욱은 종군모사가 아니다. 물론 초창기에는 조조를 따라 전장에 나서기는 했지. 하지만 어느 정도 세력이 안정된 후에는 본거지에 남아 내정과 보급을 담당했다.

우두머리의 부재 시 집단을 맡는 사람은 세력의 2인자일 가능성이 높다. 어지간히 믿지 않고서는 맡길 수 없는 일이니까. 순욱 역시 그랬다. 괜히 내조의 수장인 상서령이었겠어?

《정사》 선주[32]가 밖으로 출병하면 제갈량은 늘 성도를 진수하며 식량과 병사를 댔다. 〈제갈량전〉

제갈량도 마찬가지다. 유비가 친정을 나갈 때마다 근거지에 남아 행정을 담당하고, 군량과 병사를 조달했다.

《정사》 제갈량을 승상 녹상서사, 가절로 삼았다. 장비가 죽은 후 사례교위를 겸하게 했다. 〈제갈량전〉

유비가 이릉대전을 일으키기 직전에는 승상에 녹상서사, 가절에 사례교위를 겸했다. 승상은 모두가 아는 국가 최고의 관직이며, 녹상서사는 어린 황제를 대신해 집정하는 재상직이다. 가절은 전시 군령을 범한 이를 처벌할 수 있으며, 사례교위는 둔전병을 맡는다. 둔전병은 평시에는 토지를 경작하고 전시에는 전투원으로 동원되는 병사니, 사실상 촉한의 내정을 완벽하게 담당하고 있었다.

제갈량은 제 직책을 완벽하게 수행해, 이릉대전 이후 멸망 직전이었던 촉한의 국력을 한껏 끌어올렸다.

그렇게 되면 질문이 하나 생긴다. 유비 생전 전투는 그럼 누가 수행했는가, 하는. 《연의》에서는 제갈량이 신묘한 계책으로 승리를 이끌었는데, 《정사》에서는 아니라며. 그럼 대체 누가?

누구긴 누구야, 유비 본인이지.

유비는 당대 최고의 사령관 중 하나였다. 유비는 훗날 자리를 잡기 전까지 상당히 다양한 제후의 밑에서 싸웠다. 한마디로, 용병이었다. 장료가 여포 밑에서 그러했듯이. [33]

---

33) 〈장료는 배신의 아이콘?〉 참고

영제 말, 황건이 봉기하자 주군에서 각각 의병을 일으켰다. 선주는 부속들을 이끌고 교위 추정을 좇아 황건적을 토벌해 공을 세우고 안희위에 제수됐다. 〈선주전〉

유비의 데뷔는 황건적의 난 당시였다. 유비는 이때의 활약으로 현위가 된다. 매관매직 대신 능력으로 벼슬을 얻는 것 자체가 매우 흔치 않은 경우였다.[34] 큰 공을 세우지 않고서야 불가능했다.

그 후에는 공손찬과 도겸, 조조, 원소와 유표 밑에서 객장으로 활약한다. 물론 가끔은 임지를 얻어 싸우기도 했지. 누구의 밑이든 위든, 객장으로서 세운 군공이 제법 화려하다.

《정사》 공손찬은 표를 올려 [유비를] 별부사마로 삼고, 청주자사 전해와 함께 기주목 원소를 막도록 했다. 여러 차례 전공을 세우자 잠시 평원령을 맡더니 그 후 평원상을 겸했다.

(…) 조공[35] 이 서주를 정벌하자 서주목 도겸은 사자를 보내 전해에게 위급함을 고했고, 전해는 선주와 함께 이를 구원했다. 이때 선주는 스스로 군사 천여 명과 유주 오환의 잡다한 호기를 거느리고 있었으며, 굶주린 백성 수천 명을 얻었다.

(…) 원술이 와서 선주를 공격하자 선주는 우이, 회음에서 이를 막았다.

(…) 양봉, 한섬은 서주, 양주 사이에서 도적질했는데, 선주가 이를 격퇴하고 모두 참수했다.

(…) 동해의 창패가 모반했다. 군현들 다수가 조공을 배반하고 선주 편에 서니

---

34) 〈십상시는 억울해〉 참고
35) 조조

무리가 수만 명에 이르렀다. 손건을 보내 원소와 연합했다. 조공이 유대, 왕충을 보내 이를 공격했으나 이기지 못했다.

(…) [유표가 유비에게] 하후돈, 우금 등을 박망에서 막게 했다. 얼마 뒤 선주는 복병을 둔 채 하루아침에 스스로 둔영을 불사르고 거짓으로 달아났는데, 하후돈 등이 이를 추격하다 복병에게 격파됐다.

(…) 손권은 주유, 정보 등 수군 수만을 보내 선주와 힘을 합해, 조공과 적벽에서 싸워 이를 대파하고 그 주선을 불태웠다.

(…) 선주는 오군과 함께 물과 뭍으로 아울러 진격하고, [조조를] 추격해 남군에 이르렀다. 이때 또한 역병이 돌아 조조군에 사망자가 많자, 조공이 군을 이끌고 되돌아갔다.

(…) 유장은 유괴, 냉포, 장임, 등현 등을 보내 부에서 선주를 막게 했으나 모두 격파되어, 물러나 면죽에 의지했다.

(…) 선주는 황충에게 명해 높은 곳에 올라 북을 치고 함성을 지르며 이를 공격하게 해 하후연군을 대파하고, 하후연과 조공이 임명한 익주자사 조옹 등을 참수했다. 〈선주전〉

눈에 띄는 전공이 상당히 많다. 특히 조조 세력을 상대로 전적이 좋다. 조조가 보낸 유대와 왕충을 격파했으며, 하후돈과 우금은 복병을 사용해 패배시킨다. 바로 그 하후연도 유비에게 패하며 사망했다. 적벽에서는 주유와 함께 군을 이끌어 바로 그 조조를 무찌르기까지 했다. 《정사》에서 유비를 상대로 완승을 거둔 조조군의 장수는 조인이 유일하다.

다만 조조 본인과의 전적은, 적벽이나 한중을 고려해도 조조 쪽의 압승으로 보인다. 어쨌든 조조는 유비가 몇 번이나 가족을 버리고 달아나

게 만들었으므로.[36)]

　조조는 《손자병법》에 주석을 달았을 정도로 전략, 전술에 능통했다. 북방 이민족을 상대로 거둔 성과로 5호 16국 시대를 백 년 이상 늦췄다는 평가까지 들었다. 그런 조조를 적벽과 한중에서 그만큼 몰아붙이다니, 그 자체로 대단하지 않나.

　유비가 가는 곳마다 환영을 받은 이유가 거기에 있다. 물론 민심을 얻고, 인기를 끌었으며, 의대조 사건으로 명분까지 손에 쥐었으니, 그런 이점도 있었겠다. 하지만 아무리 그랬어도 독립된 세력으로 살아나갈 수 있었던 것은, 그만한 군사적 재능이 있었기 때문이다.

　물론 이릉대전에서 말아먹기는 했지만. 후한 말 군주가 다 그렇지, 뭐. 아니었으면 삼국시대였겠어? 통일국가였겠지.

---

36) 〈유비는 몇 번이나 가족을 버렸을까〉 참고

십상시를 죽이려거든 백성부터 죽여라

황자 유변, 즉 소제의 즉위 후, 원소는 하진 세력의 2인자가 되었다. 원소는 거기서 만족하지 않았다. 환관 세력의 절멸을 원했다. 하지만 좀처럼 태후 하씨의 재가가 떨어지지 않았다.

하씨는 환관의 후원으로 궁에 들어왔다. 출신을 배반하기란 쉽지 않은 법이다. 환관이 사라지면 당장 일상은 어떻게 꾸려야 할지 등 현실적인 고민도 있었을 테다.

무엇보다 무양군과 하묘의 영향이 컸다. [37]

태후의 반대에 부딪힌 원소는, 하진의 허락을 받아 맹진항에서의 일을 추진했다.

---

37) 〈출생의 비밀, 십상시를 살리다〉 참고

《속한서》　하진이 중상시 조충 등을 주살하고자 하니, 하진이 무맹도위 정원으로 하여금 군사 수천 명을 풀어 하내에 도적이 있는 것처럼 꾸며 흑산적이라 칭하고, 이 일을 아뢰며 조충 등을 주살해야 한다고 했다. [흑산적이] 평음, 황하의 나루터를 불태워 관청이나 인가가 남아나지 않았다고 하여 태후를 두렵고 놀라게 했다.

《후한서》　영제가 붕어하자 원소가 하진에게 동탁 등 여러 군대를 불러들여 태후를 협박하고 모든 환관을 주살할 것을 권하니 원소를 승진시켜 사례교위를 삼았다. 〈원소열전〉

《후한서》　마침내 서쪽으로부터 전장군 동탁을 불러 관중 상림원에 주둔하게 했으며, 또 부연인 태산사람 왕광으로 하여금 동쪽으로 가서 군에 있는 강노를 징발하게 했고, 아울러 동군태수 교모를 불러들여 성고에 주둔하게 했으며 무맹도위 정원을 보내 맹진을 불사르게 하여 수도성 안을 비추게 하였다. 이렇게 하니 모두들 환관을 주살하자 아뢰었으나 태후만은 유독 듣지 않았다. 〈하진열전〉

요약하면 이렇다.

1. 관군을 흑산적으로 위장시켜, 낙양 근처 맹진항의 인가와 관청을 약탈하고 방화하고 그 지역 주민들을 살해한다.
2. 흑산적을 토벌한다는 명목으로 각 지역의 자사나 상, 태수 등을 소환한다.
3. 동시에 흑산적을 상대로 유화적인 정책을 펼쳤던 십상시를 탄핵한다.

4. 환관이 주살된 후에는 각 군벌의 군대와 중앙군을 합쳐 흑산적을 토벌. 자작극을 완성한다.

도성에 있는 군대의 압박으로 태후가 십상시를 내치지 않으면 안 되 게끔 하면서도, 하진은 태후의 명을 거역하지 않았다는 설정이다. 백성을 이유 없이 도륙한다는 점이 문제라면 문제였달까. 사실 동탁이 한 짓과 다를 바 없다.

이때 흑산적으로 위장, 맹진항 인근의 백성을 죽이고 약탈하고 방화한 사람이 바로 정원이다. 《연의》에서는 여포의 첫 번째 양아버지로 그려진 바로 그 정원 맞다.

하진은 이 계획을 허가한다. 맹진의 불길은 궁궐에서도 훤히 보였다. 그 후에는 모두가 아는 그대로 일이 진행됐다. 흑산적을 잡는다는 명목으로 동탁 등 여러 군벌을 끌어들이고, 태후는 결국 환관을 쫓아냈으나 마음을 돌려 복직시키고, 복직한 환관들이 힘을 합쳐 하진을 죽이고, 이에 분개한 원소와 원술이 환관을 주살하고… 동탁이 천자를 손에 넣고.

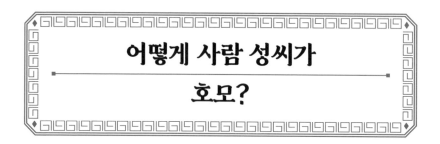

어떻게 사람 성씨가
호모?

성은 호모, 이름은 반. 자는 계우.

사람을 이름으로 놀리다니, 유치하다. 더군다나 이 이름은 한자를 음역했을 뿐, 동성애자의 멸칭인 그 단어와는 전혀 상관이 없다.

그래도 이목을 끌기 위해 조금은 도발적인 문장으로 시작해 보았다. 왜 이목을 끌고 싶었냐, 원소의 인성을 알려줄 법한 사건이었으니까.

[이현]　사승의 《후한서》에서 이르기를, 호모반은 왕광의 매부다. 왕광이 원소의 지시를 받아 호모반을 잡아들여 옥에 가두고는 죽여서 병사들에게 조리 돌리려 했다.

호모반이 왕광에게 편지를 보냈는데, 그 편지에 대략 말하기를 "처남은 나를 감옥에 가두고 조리돌림을 하는데, 이 또한 포악무도한 짓이 아닙니까. 제가 동탁의 친척도 아닐진대, 어째서 저를 동탁과 함께 미워하고 있습니까. 처남은 지금 동탁에게 맺힌 원한을 제게 옮겨 분노하고 있는데, 어째서 사람이 이렇게 가혹할 수 있습니까. 만일 죽은 이에게 혼령이 있다면 마땅히 하늘에 대고 처남의 처사에 대하여 읍소할 것입니다.

무릇 혼인이란 재앙과 복의 발단이라 하더니, 이제야 재앙이 나타납니다. 지난날에는 한 몸처럼 아껴주던 사이 아닙니까. 이제는 원수가 된 팔자라 한들, 제 두 딸은 처남의 조카가 되기도 합니다. 부디 제가 죽은 후, 제 시체를 보지 않도록 해주십시오." 하였다. 왕광이 편지를 받아보고는 호모반의 두 딸을 끌어안고 울었다. 호모반은 마침내 옥에서 죽었다.

원소가 반동탁 연합을 이끌었을 때다. 집금오 호모반이 동탁의 지시를 받아, 의병을 해산하라는 천자의 조서를 들고 원소를 찾아갔다.

원소는 천자의 사신이었던 호모반을 죽이려 했다. 그것도 왕광을 시켜서. 그러니까, 호모반의 처남이었던 왕광을 시켜서.

호모반은 왕광에게 원망 가득한 편지를 보냈다. 왕광은 이러지도 저러지도 못한 채, 호모반의 두 딸을 안고 울었다. 하지만 눈물이 일을 해결해 주지는 못했다. 호모반은 결국 죽고 만다.

왜 굳이 왕광을 시켰을까. 원소의 서열 정리였겠지. 왕광은 하내태수로 발해태수 원소와 급이 비슷했다. 왕광 본인 역시 협명(俠名)이 높았다. 하진의 십상시 주살 계획 당시 가장 먼저 달려온 군벌 중 한 명이기도 했다.

《영웅기》 왕광의 자는 공절로 태산 사람이다. 재물을 가벼이 여겨 베풀기 좋아하니 임협으로 소문났다.

《후한서》 마침내 서쪽으로부터 전장군 동탁을 불러 관중 상림원에 주둔하게 했으며, 또 부연인 태산사람 왕광으로 하여금 동쪽으로 가서 군에 있는 강노를 징발하게 했고, 아울러 동군태수 교모를 불러들여 성고에 주둔하게 했으며 무맹도위 정원을 보내 맹진을 불사르게 하여 수도성 안을 비추게 하였다. 이렇게 하니 모두들 환관을 주살하자 아뢰었으나 태후만은 유독 듣지 않았다.

〈하진열전〉

원소는 청류로서의 명성과 동정론에 힘입어 맹주가 되었다. 하지만 권위가 높지는 않았다. 본인부터가 얼자 출신으로, 백부의 양자가 되었다고는 하지만 함께 토벌전에 나선 원술에 비해서는 혈통이 초라하다. 임지였던 발해 역시 원소와는 아무런 관련이 없었다. 원씨의 근거지인 남양에서 출발한 원술과는 다르다. 그나마도 기주목 한복의 견제를 끊임없이 받았다. 게다가 황건적의 난에 참전하지도 않았으니, 군사적 재능을 증명한 적도 없다.

애초에 유일한 맹주도 아니었다.[38]

그러니 함께 있던 군벌 사이의 서열 정리에 나선 거다.

상대는 동탁의 명령으로 왔다고는 하지만 어쨌든 천자의 사신이다. 더군다나 누이의 남편. 협객 출신으로서 명을 받들기 쉬웠겠냐고.

그렇지만 왕광은 원소의 말을 거절하지 못했다. 조카를 끌어안고 우는 와중에도. 그렇게 일을 저지르고 나면, 평판은 아무래도 내려간다. 그러면 기댈 곳이 없다. 원소 말고는.

쓰고 나니, 요새 말로 하면 가스라이팅 같기도 하네.

---

38) 〈동탁 토벌전 당시, 원소와 원술은 만나지도 않았다〉 참고

NTR
전문가

NTR이라는 표현이 있다. 순우리말로는 오쟁이를 진다는 뜻이다. 연인이 다른 이와 관계를 갖는 상황, 혹은 그런 묘사가 담긴 작품을 이른다. 세상에는 신기한 취향이 많으니까, 뭐.

연인을 빼앗기는 쪽이 있다면, 빼앗는 쪽도 있다. 삼국지에서 빼앗는 쪽이라면, 보통은 조조를 떠올리겠지. 조조로서는 제법 억울할 법하다. 조조는 어쨌든 남편 잃은 여자를 공략했지, 남편 있는 여자를 공략하지는 않았으니까.

이쪽 분야의 전문가는 따로 있었다. 바로 여포. 무려 역사를 바꾼 취향이다.

《정사》 동탁은 늘 여포에게 중문을 지키게 했는데, 여포는 동탁의 시비와 사통하니 그 일이 발각될까 두려워하며 내심 불안해했다. 〈여포전〉

시작은 동탁의 시비와 몸을 섞은 것이었다.

시비는 계집종을 뜻한다. 반드시 동탁의 첩은 아닐 수도 있겠다. 하지만 시대가 시대다. 주인이 바라면 계집종은 기꺼이 몸을 내어줘야 했다.

동탁을 따라 권세가 제법 높던 여포가 선택해 몸을 섞었으니 제법 빼어난 외모가 아니었을까? 궁인이나 공주까지 간음하던 호색한 동탁이 가만히 뒀을 리 없지. 더군다나 발각될까 두려워 불안해했다니까, 더욱 일반 계집종은 아니었을 테다.

사실 동탁의 성격이 좋았어도 화가 날 일이다. 당장 현대에도 그래. 부하직원이 자신의 여자와 바람이 났다? 누가 눈 안 돌아가겠어.

《정사》 그러나 동탁의 성정은 굳세면서도 편협해 화가 나면 후환을 생각지 않았다. 일찍이 [여포가] 사소하게 뜻을 거스르자 수극[39]을 뽑아 여포에게 던진 일이 있었다. 여포는 용력하고 민첩하여 이를 피하고 동탁에게 사죄하여 동탁의 화 또한 풀렸으나, 이로 말미암아 은밀히 동탁을 원망하게 되었다. 〈여포전〉

더군다나 동탁이다. 한번 분노하면 걷잡을 수 없는 사람. 그전에도 이미 자신을 거슬렀다는 이유로 여포를 죽이려 한 적이 있었다. 이번에는 여자까지 얽혔으니 얼마나 초조했겠어.

그런 여포를 왕윤이 파고든다.

《정사》 이때 왕윤은 복야 사손서와 함께 동탁 주살을 모의하고 있었는데 여

---

39) 한 손으로 다루는 짧은 극

포에게 내응하도록 청했다.

여포가 말했다. "부자 사이인데 어찌 그럴 수 있습니까!"

왕윤이 말했다. "그대의 성은 여이니 본래 골육도 아니오. 지금 죽음을 걱정할 겨를도 없는데 무슨 부자지간이라 하시오?"

마침내 여포가 이를 허락하고 손수 칼로 동탁을 찔렀다. 〈여포전〉

여포는 동탁을 죽였다. 군웅할거 시대의 시작이다.

이 일화는 나중에 나관중에 의해 왕윤의 양녀 혹은 가기인 초선의 이야기로 둔갑한다. 덕분에 여포는 로맨티시스트로 탈바꿈했지.

《영웅기》 여포가 태조[40]에게 말했다, "내가 제장들을 후대했으나 제장들은 위급해지자 모두 나를 배반했소."

태조가 말했다. "경은 처를 저버리고 제장들의 부인을 사랑했으면서 어찌 후대했다 하시오?"

여포는 입을 다문 채 말이 없었다.

하지만 여포는 로맨티시스트가 아니었다. 그저 호색한이었을 뿐. 부하들의 아내를 탐하기까지 했다. 조조가 직접 언급할 정도로 유명했으니 더욱 문제겠지.

자신의 아내를 빼앗기고 좋을 남자가 어디 있겠어. 거기에 소문까지 다 났어 봐. 여포가 배신당한 이유가 있다.

---

40) 조조

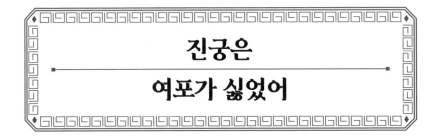

진궁은
여포가 싫었어

《연의》에서 진궁은 도무지 이해할 수 없는 행보를 보여준다. 동탁 암살에 실패하고 붙잡힌 조조를 풀어준 것까지는 좋다. 여백사 일가를 오해해 조조와 함께 죽인 부분도 그래, 그럴 수 있다. 그래놓고 조조가 여백사를 죽였을 때는 실망감을 감추지 못한다. 감추지 못한 정도가 아니라, 조조를 아예 떠나기로 한다.

그래도 여기까지는 충분히 이해가 된다.

문제는 다음이다. 이후의 행적은 고개를 갸웃하게 만든다. 다른 사람도 아니라 바로 여포의 부하가 되다니? 아비 셋 가진 바로 그 여포를? 제 부하들의 부인마저 탐냈다는 그 여포를?

보통 이런 괴리는 《정사》를 보면 좁혀진다. 진궁의 경우도 그렇다.

진궁은 사실 조조 세력의 창업공신 중 하나다. 원래 연주 동군 무양현 출신이었으니, 조조가 동군태수였던 시절부터 연을 쌓지 않았을까?

그런데 동군태수 시절의 조조는 원소의 부하였다. 한참 후인 협천자 당시까지도 원소의 끄나풀 소리를 듣던 처지다. 애초에 동군태수라는 직책을 원소가 내렸다.

> **《세어》** 유대가 죽고 난 후 진궁이 태조[41]에게 말했다, "지금 주에는 주인이 없고 왕명이 단절되었습니다. 저 진궁이 가서 주의 사람들을 설득할 테니, 명부께서는 뒤이어 와서 주목에 오르시어 천하를 거두는 데 바탕으로 삼으십시오. 이는 패왕의 업입니다."
> 진궁이 별가 치중을 설득하며 말했다, "지금 천하가 분열되었는데 주에 주인이 없소. 조동군[42]은 명세지재이니 만약 그분을 맞아들여 주목으로 삼는다면 필시 백성을 평안케 할 것이오."

진궁은 조조가 원소 이상의 인물이 되리라고 판단했다. 연주를 담당하던 유대가 죽자, 동향 사람들을 설득해 조조를 연주목으로 삼게 했다.

조조는 오로지 진궁 덕에 연주를 얻을 수 있었다. 원소로부터의 독립이 그렇게 시작됐다.

하지만 진궁은 무슨 이유 때문인지 조조를 떠났다. 최근 들어서는 서주 대학살 때문이라 묘사하는 경우가 많다. 반면 이중톈 교수는 변양의 숙청 때문이라 설명했다.

서주 대학살이야 모두가 그 경위를 알고 있으니 넘어가자. 이중톈 교수가 언급한 변양은 누구인가. 일찍이 채옹과 공융, 왕랑에게도 언급된

---

41) 조조
42) 동군태수 조조

명사 중의 명사로, 하진이 강제로 관직에 임명했을 정도다.

《조만전》　연주목이 되었을 때 진류의 변양이 자못 태조에게 거슬리는 말을
하자 태조가 변양을 죽이고 그 집안을 멸족하니 원충, 환소가 함께 교주로 피
난 갔다.

《후한서》　이에 앞서 선언한 격문에 이렇게 말하였다.
"(…) 그러한 까닭에 구강태수 변양은 재주가 뛰어나고 성품이 강직하여 논의
할 때 아첨하는 바가 없었으나, 조조는 변양을 죽여 머리를 베어 매달고, 처와
자식은 회멸지구를 받게 되었다. 이로부터 유림들은 분통하였고, 백성들이 원
망했으니 하늘이 노했다. 한 사나이가 화가 나서 팔을 들어도 온 고을이 동참
하는 법이다. 그리하여 조조는 서방에서 깨져 곤궁해졌으며 땅은 여포에게 빼
앗겼기에, 동쪽 변방을 방황하며 발 딛고 의거할 곳이 없었다." 〈원소전〉

그랬던 변양과 변양의 가족을 조조가 죽였다. 연주의 여론은 자연히
나빠졌다. 조조를 연주로 끌어들인 진궁도 책임감을 느꼈겠지. 그래서
진궁은, 속된 말로, 조조를 '손절'했다.

《후한서》　변양은 자신의 재기를 믿고 조조에게 몸을 굽히지 않았고, 조조를
하찮게 여기며 업신여기는 말을 많이 하였다. 건안 연간에 그와 같은 마을 사
람이 조조에게 변양을 헐뜯자 조조는 군에 명령하여 변양을 죽이게 하였다. 〈
변양열전〉

다만 《후한서》에 따르면 변양은 건안 연간, 즉 헌제가 이각과 곽사로

부터 탈출한 후에 죽었다. 이는 진궁이 조조를 떠나고도 한참 후다.

《전략》 [진궁은] 천하가 어지러워지자 처음에는 태조를 따랐는데 뒤에 스스로 의심을 품게 되니 여포를 따랐다. 여포를 위해 획책했으나 여포는 늘 따르지 않았다.

어느 쪽이든 결말은 같다. 진궁은 조조에 대한, 혹은 조조를 따르는 이유에 대한 확신을 잃고, 결국 조조를 떠났다. 그렇게 새로 찾은 주인이 장막이다.

《정사》 흥평 원년, 태조가 동쪽으로 도겸을 공격하며 그 장수인 무양 사람 진궁을 동군에 주둔시켰다. 이에 진궁이 장막을 설득했다.

"이제 천하가 나뉘어 무너지고 웅걸들이 아울러 일어났습니다. 군은 10만 군사를 끼고 사전지지에 처해 있으니 칼을 움켜쥐고 노려본다면 또한 족히 인걸이 될만합니다.

그런데도 도리어 남에게 제어당하고 있으니 비루하지 않습니까! 지금 주의 군대가 동쪽을 공격하느라 그 거점이 텅 비었고 여포는 장사라 싸움을 잘해 앞을 가로막을 자가 없으니 그를 맞이해 함께 연주를 점거하고 천하 형세를 살펴보며 정세가 변하기를 기다린다면 또한 한 시대를 종횡할 수 있습니다."

장막이 이 말을 따라 동생인 장초 및 진궁과 함께 여포를 맞이해 그를 연주목으로 삼고 복양을 점거하니, 연주의 군현들이 모두 이에 호응했다. 〈여포전〉

장막에게는 별다른 군사적 재능이 없었다. 난세의 통치자에게 군재는 필수 조건이다. 그래서 장막은 앞에 나서는 대신, 조조의 후원자로 남았다. 어쨌든 조조는 황건적의 난에서부터 군공을 세웠으니까.

그랬던 장막을 진궁이 꼬아냈다. 군사적 재능의 부재는 마침 근처에 있던 여포로 해결하고자 했다. 애초에 장막이 원소의 원한을 산 까닭도 여포와의 친분에 있다. 여포는 조조를 상대할 객장이자 용병으로 영입된 셈이다.

연주는 진궁이 조조에게 바친 땅이었다. 진궁이 장막으로 주인을 바꾸자, 연주도 자연스레 장막에게 호응했다. 여포도 제 역할을 훌륭히 했다.

《정사》 장막은 원술에게 가서 구원을 청하려다 미처 도착하기 전에 자신의 군사에게 죽임을 당했다. 〈여포전〉

하지만 조조는 끝내 상황을 역전시키는 데 성공했다. 연주는 다시 조조의 땅이 되었다. 잘못된 선택으로 피를 본 연주가 다시 조조를 배신할 리 없다. 장막도 부하에게 목숨을 잃었다.

진궁은 붕 뜬 신세가 됐다. 결국 같은 처지였던 여포와 방랑길에 올랐다. 다른 방법이 없었다.

하지만 조조도 싫어했던 진궁이 여포를 좋아할 리가.

《정사》 건안 원년 6월, 반중에 여포의 장수 하내인 학맹이 반란을 일으켜 군사들을 이끌고 여포의 치소인 하비부로 쳐들어왔다.

(…) 여포가 묻자 조성이 대답했다. "학맹은 원술의 모책을 받들었습니다."

함께 모의한 자가 모두 누구인지 묻자 조성이 말했다. "진궁이 공모했습니다."

이때 진궁이 그 자리에 있었는데 얼굴이 붉어져 곁에 있던 사람들이 알아차릴 정도였다. 진궁은 대장이었기에 여포는 이를 불문에 부쳤다. 〈여포전〉

진궁은 학맹과 함께 반란을 기획한다. 원술의 모책을 받들었다는 점으로 보아, 여포를 죽인 후 원술에게 향할 작정이었을지도 모르겠다.

여포는 진궁을 죽이지 않았다. 군의 동요를 두려워했기 때문이다. 하지만 진궁과의 관계는 이로써 돌이킬 수 없게 되었다.

《위씨춘추》　진궁이 여포에게 말했다, "조공[43]이 멀리서 왔으니 사세상 오래 버틸 수 없습니다. 만약 장군께서 보기를 이끌고 문밖으로 나가시면 밖에서 세력을 형성할 수 있습니다. 저는 남은 군사들을 이끌고 안에서 성문을 닫고 수비하다가, 장군께로 향한다면 제가 군을 이끌고 그 배후를 치고, 성을 공격한다면 장군께서 밖에서 구원하겠습니다. 열흘을 지나지 않아 필시 적군의 군량이 다할 것이니 이를 들이치면 격파할 수 있습니다."

여포가 이를 옳게 여겼다.

여포의 처가 말했다. "지난날 조 씨[44]는 공대[45]를 어린아이처럼 [귀하게] 대했는데도 오히려 그를 버리고 우리에게로 왔습니다. 지금 장군이 공대를 대우함이 조공보다 더 후하지 않은데, 성 전부를 맡긴 채 처자를 버리고 외로운 군으로 멀리 나가려 하십니다. 만약 하루아침에 변고가 생긴다면 첩이 어찌 장군의 처로 남을 수 있겠습니까!"

이에 여포가 그만두었다.

이후 여포는 거듭해 진궁의 계책을 거절했다.

---

43) 조조
44) 조조
45) 진궁

《전략》 태조가 진궁에게 말했다. "공대, 경은 평소에 늘 스스로 지계를 갖추어 남음이 있다고 자부했는데 이제 결국 이리 되었으니 어찌 된 일이오?"

진궁이 돌아보며 여포를 가리켜 말했다. "이 사람이 내 말을 따르지 않았기 때문에 이 지경에 이르렀다. 만약 이 사람이 내 말을 좇았다면 사로잡히는 신세는 되지 않았을 것이다."

혹자는 여포가 어리석어 진궁의 충언을 거절했다더라. 진궁 본인도 그렇게 생각했다.

《정사》 평한다. 여포는 포효하는 범의 용맹을 지녔다. 그러나 특출한 지략은 없었고 경박하고 교활하게 반복하여 그의 안중에는 오직 이익밖에 없었으니, 예로부터 오늘에 이르기까지 이런 자가 멸망하지 않은 적이 없다. 〈여포전〉

하지만 한편으로는 그렇다. 자신을 죽이려 했던 사람의 말을 따르기 쉽겠어? 여포가 따르고 싶어도, 여포의 주변인이 그렇게 두지 않았다.

진수는 여포가 멸망한 이유가 경박하고 교활하게 언행을 바꾼 데 있다고 했다. 진궁 역시 마찬가지다. 저가 스스로 연주를 조조에게 바쳐놓고, 조조에게 실망하자 장막을 찾아가 여포를 끌어들였으며, 사정이 어쨌든 여포 밑에 있게 되자 원술을 위해 반란을 계획했다. 이랬는데 끝이 좋을 리 있냐.

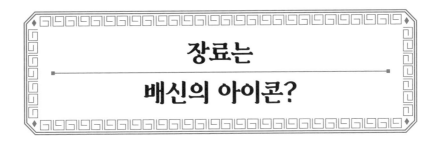

장료는
배신의 아이콘?

《이문열 삼국지》　　간혹 유비를 좋지 않게 보는 사람들 중에는 그가 끊임없이 친구와 적을 바꾸는 걸 들어 그 교활이나 반복무상함을 나무란다. 실제로도 그것이 꼭 주종 관계인지는 알 수 없으나 유비는 일생을 통해 적어도 대여섯 번은 의지했던 사람을 배반에 가까운 형식으로 버리고 있다.

나를 비롯한 촉까위빠[46]에게 유비는 배신의 아이콘이다. 《연의》를 봐도, 《정사》를 봐도 그렇다. 유비가 떠난 상대만 몇인가. 공손찬, 조조, 여포, 원소, 유표, 손권, 유장까지. 심지어 유장은 의심의 여지 없이 뒷통수를 맞았다.

---

46)　'촉'을 '까'고 '위'를 '빠'는 사람. 촉 및 촉의 인물을 혐오하거나 좋아하지 않으며, 그 대신 위 및 위의 인물을 응원하거나 선호한다.

하지만 장료도 마찬가지다. 시작부터 그렇다.

《정사》　한나라 말, 병주자사 정원은 장료의 무력이 보통사람을 뛰어넘는다 여겨 불러서 종사로 삼고, 군을 이끌고 수도로 가게 했다. 하진이 장료를 하북으로 보냈으니 모병해 천여 명을 모았다. 수도로 돌아온 뒤 하진이 패망하자 군을 이끌고 동탁군에 속했다. 동탁이 패망하자 군을 이끌고 여포군에 속했으며 기도위로 관위가 올랐다. 〈장료전〉

정원의 추천으로 하진의 아랫사람이 되어놓고, 막상 그 정원을 죽인 동탁을 섬겼다. 물론 당시에는 동탁이 곧 한 황실을 갈음했으므로, 중앙 정부를 따랐다고 볼 수도 있겠지.

동탁 사후에는 여포에게 귀부했다. 상사를 죽인 상사의 양아들이다. 여포 역시 당시에는 왕윤과 함께 중앙 정부를 이끌고 있었으니까, 뭐.

하지만 이후 행적을 보면 고개를 갸웃거리게 된다.

《정사》　여포가 이각에게 패하자 여포를 좇아 서주로 달아났다. 태조[47] 가 하비에서 여포를 깨뜨리자 장료는 자신의 군을 이끌고 투항했다. 〈장료전〉

이각과 곽사가 여포를 내쫓고 헌제를 옹립한 후에는 오히려 여포를 따라갔다. 그 후 조조가 여포를 토벌하자 익히 알려진 대로 조조의 부하가 되어 전설을 찍었다.

주군을 따라 목숨을 바치는 것이 추앙받던 시절이다. 심배는 주군을

[47)　조조

따라 목숨을 바쳤다는 그 사실 하나만으로 《연의》에서 분량을 확보했다.

반면 장료는 모시던 주인이 죽을 때마다 그 주인의 적에게 너무나 쉽게 몸을 의탁했다. 이 정도면 배신의 아이콘이라고 보아도 되지 않나?

하지만 이는 장료의 위치를 망각한 해석이다. 장료는 늘 '자신의 군'을 이끌고 있었다. 《정사》에서도 언제나 "군을 이끌고"라는 표현이 빠지지 않는다.

장료의 위치는 여포의 부하라기보다는 객장에 가까웠다. 여포가 원소나 장막 휘하의 객장이었고, 유비가 공손찬이나 조조, 원소, 유표, 손권 혹은 유장 휘하의 객장이었듯이. 그러니까 동탁과 여포는 장료의 주군이 아니라 고용주였다.

장료는 나름대로 고용주에 대한 의리를 다한 셈이다. 고용주가 죽을 때까지 버리지는 않았잖아?

내 마음대로
해석하기

인생은 가후처럼?
아니, 인생은 조홍처럼!

　한동안 인생은 가후처럼 살아야 한다는 주장이 유행했더랬다. 주군을 그렇게 자주 바꾸고도 끝까지 살아남아 천수를 누린 모습이 인상적이었겠지. 순욱과 비교해 보면 더더욱 그렇다.

　하지만 나는 아니다. 누가 뭐래도 가후처럼 살고 싶지는 않다. 가후가 얼마나 힘겹게, 처절하게 스스로를 낮추며 살았는데.

　주군의 장자와 조카, 충성스러운 장수를 죽였다. 그뿐이랴. 주군 본인마저 사지로 몰아넣었다. 하루하루 숨쉬기가 얼마나 민망했을까.

　그래서였겠지. 오로지 직장과 집만을 오갔으며, 그 누구와도 친분 관계를 맺지 않았단다.

《정사》 가후는 스스로 태조[48]의 옛 신하가 아니라 하여, 책모가 깊고도 길었으나 시기와 의심을 받을까 두려워했다. 이에 문을 닫고 스스로를 지키며 물러나서는 사사로이 통교하지 않고, 자식들이 시집, 장가드는 데 고위직의 집안과는 사돈을 맺지 않으니, 천하에서 지모와 계획을 의론하는 것이 그에게 돌아갔다. 〈가후전〉

얼마나 눈치를 보며 살았을지 상상이 가는지. 물론 상황이 꼬이고 꼬였을 때 가후를 본보기로 삼을 수는 있겠다. 그러니까, 상황이 꼬이고 꼬였을 때. 그렇지 않고서야 가후처럼 살고 싶지는 않다.

난세였다. 난세의 삶은 누구의 것이든 녹록지 않다. 꼭 가후에게만 국한될 이야기는 아니겠다.

그럼에도 꼭 하나를 골라야 한다면, 나는 조홍처럼 살고 싶다.

첫째, 부자였다. 바로 그 조조가 인정할 정도의 대부호였다. 그냥 인정한 수준이 아니다. 자신은 조홍에게 미치지 못한다고 했을 정도다.

《정사》 당초 태조가 사공이 되었을 때 친히 아랫사람들을 거느리고 매년 조를 거두었고, 본현의 가호들을 평가하게 한 일이 있다. 이때 초현의 현령이 조홍을 공의 집안과 같게 평가하자 태조가 말했다. "우리 집안이 어찌 자렴과 같단 말인가!" 〈조홍전〉

현대식으로 풀이하자면 이렇다. 재산세를 결정하던 중, 조조와 조홍의 재산이 같은 수준이라 평가되었다. 그러자 조조가 자신의 집안이 어

---

48) 조조

떻게 조홍만큼 부자일 수 있냐며 항변했다는 것.

조조는 협천자에 성공한 후 사공이 되었다. 그 조조보다도 부자였다는 뜻이다. 물론 그만큼 조조가 황실 재건에 사비를 털기는 했지. 그래도, 나라 최고의 권력자다. 그보다도 돈이 많다니, 대체 얼마나 부자였을지 상상도 가지 않는다.

> 《정사》 애초에 조홍의 집안은 부유했으나 성정이 인색했다. 문제[49]가 젊을 때 재물을 빌리고자 했는데 원하는 바와 맞지 않아 이를 늘 원망했다가 마침내 사객이 범죄를 저질렀다는 이유로 [조홍을] 옥에 가두고 죽이려 했다. 〈조홍전〉

이 구절을 보면, 원래부터 부유했음을 알 수 있다.

물론 조조 본인도 그랬겠지. 바로 그 조등의 손자였으니까. 하지만 조조의 아버지 조숭은 삼공에 대한 욕심 등으로 그 재산을 축낸 데 반해,[50] 조홍은 제법 잘 간수했나 보다.

둘째, 그렇게 모은 재산 덕인지, 가문의 지위와 영예가 한도 끝도 없이 높아졌다. 대명문가였던 순욱과 사돈을 맺었을 정도다.

순욱이 누구냐, 청류파의 원조나 다름없던 영천 순씨의 중심이다. 사대부 중의 사대부였으며, 호족 중의 호족이었다. 오늘날 사람들이 우스갯소리로 순욱을 인재 피라미드 회사의 사장이라 부르곤 했는데, 그만큼 청류파 사이에서 순씨의 영향력이 절대적이었다는 뜻이다.

---

49) 조비

50) 〈정가의 열 배를 낸 호구가 있다?〉 참고

셋째, 딸이 예쁘다. 예쁜 딸은 인생의 낙인 법이다. 얼마나 예뻤냐면, 이 딸이 요절하자, 사위가 "이렇게 예쁜 여자는 또 없다."며 시름시름 앓다 죽었다.

《진양추》 순찬은 항상 부인이란 재능과 지혜를 갖출 필요가 없으며 아름답기만 하면 된다고 말했다.

표기장군 조홍의 딸은 대단한 미인이었다. 순찬은 그녀에게 장가를 들어서 아름다운 옷과 장막 안에서 즐겁게 부부생활을 영위했다.

몇 년이 지난 후에 아내가 죽자, 아직도 장례를 치르기 전에 부하[51]가 조문을 갔더니 순찬은 곡을 하지는 않았지만, 심신이 많이 상해 있었다.

부하는 순찬에게 이렇게 물었다. "부인이 재색을 함께 갖추기는 어렵다네. 자네가 장가를 간 것은 재능은 제쳐두고 색을 밝혔기 때문이네. [여자는] 다시 만나면 되는 일인데, 지금 무엇이 그리도 슬픈가?"

순찬은 이렇게 말했다. "아름다운 사람은 다시 만나기 어렵다네. 세상을 떠난 사람을 생각해 보면, 경국지색을 다시 만날 수가 없는데 쉽게 만난다고 말할 수가 있는가?"

조홍이 대단한 미남이라는 기록은 없으니, 딸의 미모는 분명 모계 유전이었을 테다. 즉, 아내도 예쁘지 않았을까 하는 추측을 해본다. 예쁜 아내에 예쁜 딸. 인생 살만하지 않았겠냐.

넷째. 대체로 하고 싶은 일을 다 한 편이다. 군 연회에 무희를 불러 맨발로 북을 치게 한 적도 있다. 요즘 식으로 따지자면 군에서 여자를 불

---

51) 傅嘏. 성이 부씨고 이름이 하다.

러 스트립쇼를 시킨 거다. 진짜 인생 막살지 않냐.

《정사》 조홍은 주연을 준비해 빈객들을 대대적으로 모이게 하고, 가희들에 게 얇은 비단옷을 입도록 해 발로 밟아 큰 북을 두드리도록 했다. 좌석에 있는 사람들은 모두 웃었다. 〈조홍전〉

다섯째, 조인이나 장료처럼 대군을 통솔할 능력은 되지 못했는지, 어 지간하면 수도에 머무르거나 남의 밑에서 편하게 싸웠다. 초반, 협천자 를 위해 헌제를 구하러 갔을 때, 동승−원술 연합군에 패퇴한 적이 있는 데,[52] 그 이후로 단독 지휘권을 얻은 적이 거의 없었다. 즉, 직무와 책 임은 적은데 돈은 많고 직위가 높았다.

조홍의 공이어 봐야 결국 3가지인데, 1. 형양 전투 당시 조조에게 말을 바쳤다. 단, 조앙과는 달리 이번에는 둘 다 살아남았다. 2. 관도에서 하 루 동안 농성에 성공했다. 3. 한중 공방전 당시 조휴의 말을 듣고 장비, 마초에게 승리했다. 그렇게 세 번 잘하고 평생 힘든 일 없이 산 거다.

여섯째, 말년에 조비 탓에 잠시 욕을 보기는 했지만, 사람들의 인식과 는 달리 금방 사면받았다. 그뿐 아니라, 몰수당한 재산도 전부 다 돌려 받았다.

《정사》 변태후가 문제를 질책하고 분노하며 말했다. "양, 패 일대에서 자렴 의 활약이 없었다면 어찌 오늘이 있었겠소." 이에 조령을 내려 조홍을 석방했 으나 재산은 몰수했는데, 태후가 또 이에 관해 말하자 그 뒤 몰수한 재산을 돌

---

52) 〈원술도 천자 옹립을 시도했는데〉 참고

려주었다. 〈조홍전〉

이 정도면 조비의 종친 죽이기가 아니었을까. 본보기로 내세운 거지. 속된 말로 짜고 친 고스톱이었을지도 모른다. 목숨도, 돈도 무사했잖아?

마지막. 게임 회사 코에이 테크모가 명대사를 만들어 주어 모두의 기억 속에 새겨졌다. 한국에서 삼국지를 알고, 게임을 즐기는 사람이라면 누구나 "좌절감이 사나이를 키우는 것이다."란 명대사를 알고 있다. 결국 역사에 남는 자가 이기는 자다. 그런 면에서, 조홍만 한 사람이 또 있을까.

이런 인생, 살고 싶지 않냐. 역사에 기록될 만큼의 업적은 있는데, 그 외에는 늘 평탄했던. 돈도 많고, 딸도 예쁘고, 아내도 예쁠.

이쯤 되면 누가 삼국지 조홍전 좀 써줘라.

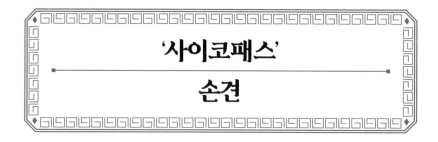

'사이코패스'
손견

원술이 난세 특화 도련님이라면, 손견은 난세 특화 군인이었다.

손견은 한참 젊은 시절부터 두각을 드러냈는데, 17세 때는 이런 일이 있었단다.

《정사》 나이 17세 때, 아버지와 함께 배를 타고 전당에 이르렀는데, 해적인 호옥 등이 포리 위에서 장사치들의 재물을 약취하여 언덕 위에서 이를 나누고 있으니, 행려자들은 모두 서 있고 배들은 감히 나아가지 못했다.

손견이 아버지에게 말하길 "이 도적놈들은 가히 공격할 수 있으니, 청컨대 토벌할까 합니다."라 했다.

그 아비가 말하길 "네가 도모할 바가 아니다."라 했다.

손견이 칼을 쥐고 언덕으로 올라가니, 마치 병사들이 도적들을 펼쳐 막는 형세 같았다. 도적들이 이를 바라보는 관병이 붙잡으러 온 줄 알고, 곧 재물을

내팽개치고는 흩어져 달아났다. 손견이 추격하여 머릴 하나 참수해 얻고는 돌아왔다. 〈손견전〉

장사치인 아버지와 함께 수적 떼를 만났을 때다. 다들 당황해서 이러지도 저러지도 못하는 상황, 손견은 병사들을 지휘하는 장수인 척했다. 그러자 수적들은 관군이 잡으러 온 줄 알고 재물도 내팽개친 채 도망갔는데, 손견은 기어이 이 수적을 추격해 한 명을 잡아 머리를 벴다. 집요한 호전성으로 이름을 얻은 것이다.

이렇게 집요한 호전성을 법 따위가 막을 수 있을 리 없다.

《정사》 주조와 곽석 또한 무리를 거느리고 영릉, 계양에서 봉기하여 우성과 서로 호응하였다. 마침내 군의 경계를 넘어오자 곧바로 토벌하니, 삼군이 숙연해졌다. 한의 조정에서 이 공을 기록해 손견을 오정후로 삼았다. 〈손견전〉

[배송지] 《오록》에 이르길 "이때 여강태수 육강의 조카가 의춘현의 현장이 되었는데, 도적들에게 공격당하자 사신을 보내 손견에 구원을 청했다. 손견이 바르고 엄숙하게 이를 구원했다.
주부가 간언하자, 손견이 대답하길 '태수[53]에게 위엄과 덕망이 없어 정벌을 공으로 삼으니, 경계를 넘어 토벌하여 다른 나라를 보전하오. 이 때문에 죄를 짓는다면, 얼마나 해내에 부끄러운 일이겠소?'라 했다. 진군해 구원하니, 적들이 소식을 듣고 도주했다."

---

53) 손견 본인

구성이 난을 일으켰을 때, 손견은 자신의 관할 구역을 넘어 적을 토벌했다. 명백한 월권행위였지만, 손견은 도리어 토벌의 공을 인정받았다. 범법의 결과가 이러할진대 삶의 방식을 바꿀 필요는 없었겠지?

그러던 손견은 결국 대형 사고를 치게 된다. 동탁 토벌을 위해 각지의 제후와 지방관이 모였을 무렵, 즉 반동탁 연합의 시작 당시다. 손견 역시 병사를 모아 임지인 장사를 떠났다. 그렇게 낙양으로 가던 길, 손견은 상관이었던 왕예를 죽였다.

《정사》 손견 또한 병사를 일으켰다. 형주자사 왕예는 본래 손견을 무례하게 대했는데, 손견이 [형주를] 지나다 그를 죽였다. 〈손견전〉

《오록》 왕예는 앞서 손견과 함께 영릉과 계양의 도적을 함께 공격했는데, 손견은 무관이라 언행이 자못 가벼웠다.

왕예가 거병하여 동탁을 치고자 했을 때였다. 왕예는 본래 무릉태수 조인과 서로 용납하지 못해, 마땅히 먼저 조인을 죽이리라고 떠들어 댔다. 조인이 두려운 마음에 거짓으로 광록대부 온의의 격문을 만들어 손견에게 사자를 보내, 왕예의 죄에 대하여 설명하고 형을 집행하라 했다.

손견은 격문을 받들자 병사를 이끌고 왕예를 쳤다. 왕예가 군대가 이른다는 소식을 듣고, 성루에 올라 바라보더니, 사람을 보내 무엇을 하려는지 물었다. 손견의 선봉군은 "병사들이 오랫동안 힘써 전쟁을 치렀는데, 상으로 얻은 것은 의복으로 삼기에도 부족하니, 그저 사군에게 가서 군수품을 빌리고자 함일 뿐입니다."라 답했다.

왕예가 말하길 "자사가 왜 인색하게 굴겠는가?"라 하며, 바로 창고를 열고 직접 들어와 보게 하여 남아 있는 것이 없음을 알려주었다.

병사들이 진군하며 성루 아래를 지나는데, 왕예가 손견을 보고는 놀라 말하길 "병사들이 직접 상을 구하러 오는데, 손 부군이 어찌 그 속에 있는가?"라 물으니, 손견이 "사자에게 그대를 주살하라는 격문으로 받았소."라 했다.

왕예가 "내가 무슨 죄를 지었는가?"라 하니, 손견이 "가만히 앉아서 아는 바가 없는 것이오."라 했다. 왕예는 상황이 궁박해지자, 쇠를 깎아 마시고 죽었다.

조인[54]은 일찍이 형주자사 왕예와 사이가 좋지 않았다. 특히 왕예는 조인을 죽이겠노라며 적개심을 숨기지 않았다. 불안해하던 조인은 왕예를 죽이라는 조정의 격문을 손견에게 전달했다.

손견은 평소에도 저에게 무례한 왕예를 좋아하지 않았다. 그래서였을까, 신이 났는지 한달음에 왕예를 죽이러 갔다. 왕예는 자신이 무슨 죄를 지었냐고 항변했지만, 손견은 "죄를 모르는 것이 네 죄"라 답했다. 궁지에 몰린 왕예는 결국 자살했다.

여기에는 3가지 문제가 있었는데,

첫째, 조인의 격문은 위조된 것이었다. 즉, 왕예는 죽을죄를 짓지 않았다.

둘째. 손견은 당시 장사태수였고, 왕예는 형주자사였다. 즉, 왕예는 손견의 상관이었다. 따라서 해당 행위는 하극상이었다.

그리고 셋째, 왕예 역시 반동탁 연합군에 참가했다.

그러니까, 손견은 아무런 이유 없이 같은 편인 저의 상사에게 하극상을 저지른 셈이다.

---

54) 조조의 종제인 조인과는 동명이인이다.

반동탁 연합군에서 이런 사람을 반길 리 만무했다. 그렇다고 임지로 돌아갈 수도 없었다. 그러기에는 거리는 멀었고, 군량은 부족했다.

이때 유일하게 손견을 받아준 사람이 바로 원술이었다.

《헌제춘추》　원술이 표를 올려 손견을 중랑장으로 삼게 했다.

명문가의 도련님답지 않게, 유협 집단의 우두머리로서 커리어를 시작한 원술이라 가능했다. 원술이 친하게 지냈던 사람을 보면 실제로 출신이 한미한 편이다. 의외로 출신 배경이나 과거를 보지 않았다고나 할까.

원술의 뒷배를 얻은 손견은 더욱 거침없어졌다. 군량을 내놓지 않는다는 이유로 태수를 죽였을 정도다.

《정사》　손견이 남양에 이를 즈음, 그 무리가 수만 명이나 되었다. 남양태수 장자는 군대가 이르렀다는 소식을 들었지만 태연자약했다.

손견이 소와 술로 보내 장자에게 예의를 표하니, 장자가 다음 날 또한 답례하러 손견에게 갔다.

술자리가 무르익자 장사군의 주부가 들어와 손견에게 고하길, "이전에 남양에 문서를 보냈는데, 도로는 수리되어 있지 않고 군수품은 갖추어져 있지 않으니, 청컨대 [남양군의] 주부를 잡아들여 그 이유를 추문하십시오."라 했다.

장자가 크게 두려워 가고자 했으나, 병사들이 사방에 두루 포진해 있어 나갈 수 없었다.

잠시 후, 주부가 다시 들어와 손견에게 고하길 "남양태수가 의병을 지체하게 하여 때에 맞춰 적을 토벌하지 못하게 하였으니, 청컨대 보낸 문서를 거둬들이고 군법에 따라 일을 처리하십시오."라 했다. 곧바로 군문에 장자를 끌어다

놓고 참수했다. 〈손견전〉

《정사》와 《오력》의 기록은 다르지만, 어쨌든 본질은 같다. 군량을 주지 않았다는 이유로 사람을 죽였다. 그것도 속임수를 써서.

이 장면을 《정사》대로 그려보면 더욱 무섭다. 우선 친한 척 장자를 초대한다. 그러고 나서는 부하를 시켜 장자를 탄핵한다. 그것도 바로 당사자 앞에서. 장자는 도망가려 했지만, 이미 손견의 사람들로 가득하다. 그 후 장자는 반항도 제대로 못 한 채 참수당했다.

제멋대로 상사를 죽이고, 동료를 죽이는데 안 무서울 리가 있나.

상사나 동료뿐 아니다. 자신을 따르던 부하장수마저 자신의 이익을 위해서라면 너무나 쉽게 저버렸다. 거침이 없었다.

손견이 동탁에게 쫓기던 때다. 《연의》에서는 조무가 손견을 구하기 위해 스스로 손견의 붉은 두건을 썼다고 하지만, 실제로는 아니었다. 손견 본인이 두건을 벗어 저와 친했던 부하 조무에게 씌웠다.

이런 식이었으니 자연스레 손견의 천하가 되었다. 손견이 달라면 못 얻을 것이 없었다.

《정사》 군내가 두려워 떠니, 구해서 얻지 못하는 것이 없었다. 〈손견전〉

그런데 이거, 사이코패스의 특성 아니냐. DSM-5의 반사회성 성격장애와 품행장애 진단 기준을 보면, 마치 손견을 설명하는 듯싶다.

A. 15세 이후에 시작되고 다음과 같은 다른 사람들의 권리를 무시하는 행동 양상이 있으며, 다음 중 3가지(또는 그 이상)를 충족한다.

1. 체포의 이유가 되는 행위를 반복하는 것과 같은 법적 행동에 관련된 사회적 규범에 맞추지 못함.

2. 반복적으로 거짓말을 함, 가명 사용, 자신의 이익이나 쾌락을 위해 타인을 속이는 사기성이 있음.

3. 충동적이거나, 미리 계획을 세우지 못함.

4. 신체적 싸움이나 폭력 등이 반복됨으로써 나타나는 불안정성 및 공격성.

5. 자신이나 타인의 안전을 무시하는 무모성.

6. 일정한 직업을 갖지 못하거나 혹은 당연히 해야 할 재정적 의무를 책임감 있게 다하지 못하는 것 등의 지속적인 무책임성.

7. 다른 사람을 해하거나 학대하거나 다른 사람 것을 훔치는 것에 대해 아무렇지도 않게 느끼거나 이를 합리화하는 등 양심의 가책이 결여됨.

손견은 왕예를 아무 이유 없이 죽인 후, 장자를 비슷한 방식으로 또 죽였다. 아무렇지도 않게 속임수를 이용한 것은 덤이다.

무모함도 마찬가지. 수적을 쫓아 수급을 벴던 어린 시절부터, 황조를 쫓다 끝내 목숨을 잃었던 마지막 순간까지, 저는 물론 타인까지 너무나도 쉽게 위험에 빠뜨렸다.

그렇게 위험에 빠지면, 망설이지 않고 타인을 희생했다. 심지어 전투가 끝난 뒤 조무를 치하했다거나, 기렸다거나 하는 기록조차 없다. 흔한 공치사조차 안 했다는 뜻이다.

이 사이코패스의 피는 훗날 손책과 손노반 및 손호에게로 이어진다. 바로 그런 점이 손씨를 매력적으로 만들었을지도 모르고.

물론 내게는 의학적 지식이 전혀 없으므로, 이런 식의 규정을 해서는 안 된다. 진료와 진단은 의사면허를 취득한, 의학적 전문가인 의사의 몫이다.

그러니 소소한 상상력을 발휘하고 있다 정도로 봐주었으면 좋겠다. 만약 내가 삼국지 2차 혹은 3차 매체를 집필한다면, 손견을 사이코패스로 설정하지는 않을까? 정도로 말이야.

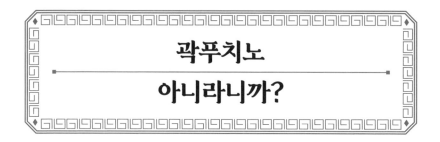

곽푸치노
아니라니까?

어떤 인물이나 제품 등이 지나치게 높게 평가받을 때, 우리는 거품이라는 단어를 쓴다. 내실이 없어, 금방 꺼진다는 의미다.

《연의》에서는 천재로 그려진 곽가. 실제로 조조가 적벽대전 후 곽가의 죽음을 한탄했다는 《정사》의 기록이 있으니, 남들과 다른 무언가가 있기는 했을 테다.

> **《정사》** 뒤에 태조[55]가 형주를 치고 돌아오다 파구에서 역병을 만나 배를 불태우며 탄식하며 말했다. "곽봉효[56]가 살아 있었다면 내가 이 지경에 이르도록 만들지는 않았을 것이다." 〈곽가전〉

---

55) 조조
56) 곽가

천재라면 응당 신묘한 계책으로 불리한 전황을 뒤집는다거나 해야 하지 않냐. 그런데 곽가는 그렇지 않았다. 아무리 찾아봐도 전술적인 번뜩임은 보이지 않는다.

죽기 전, 가만히 있으면 요동의 공손강이 원희, 원상 형제의 목을 가져다줄 테니 가만히 기다리라 조언했던 《연의》의 일화조차, 사실은 조조의 계책이다.

《정사》 당초 요동태수 공손강은 멀리 떨어져 있다는 것에 의지하여 [한실에] 복종하지 않았다. 공[57]이 오환을 격파하자 어떤 이가 공을 설득하기를, 끝까지 [요동을] 정벌하면 원상 형제를 사로잡을 수 있다고 했다. 공이 말했다. "나는 바야흐로 공손강이 원상, 원희를 참수해 그 수급을 보내오게 할 것이니 군사들을 번거롭게 할 필요는 없소."
9월, 공이 군을 이끌고 유성에서 돌아오자 공손강이 원상, 원희와 속복환 등을 참수해 수급을 보내왔다. 〈무제기〉

그렇다면 곽가는 정말 거품이었을까? 그렇다면 조조가 곽가를 그토록 아꼈을 리가 없지. 분명 그럴만한 능력을 보여줬을 테다. 그렇다면 어떤 능력을 보여줬을까?

몇 해 전, 곽가의 역할이 '첩보부장'에 가까웠다는 추측이 인터넷에 떠돌았고, 상당한 지지를 얻었다. 타 세력에 밀정을 보내 수집한 정보를 바탕으로, 대국적인 전략을 제공하는. 그리고 나도 이 의견에 동의한다. 《정사》에서 곽가의 묘사는 다음과 같다.

---

57) 조조

《정사》　곽가는 매우 통달한 이로 책략을 갖추었으며 사정에 밝았다. 〈곽가전〉

사정은 일의 형편이나 까닭을 의미한다. 즉, 판세를 읽는 데 능력을 발휘했다는 뜻이다.

실제 곽가의 공도 그런 식이었다. 남들이 생각하지 못할, 파격적인 방법이나 계책을 제안한 적은 없다. 하지만 늘 현 상황을 적확하게 분석, 미래를 예측해 냈다.

《정사》　여포를 쳐서 세 번 싸워 모두 격파하니 여포가 물러나 굳게 지켰다. 당시 사졸들이 피로하고 고달파 하니 태조가 군대를 이끌고 돌아가려 했다. 곽가가 돌아가지 말고 급히 공격하도록 설득하여 마침내 여포를 사로잡았다. (…) "손책이 이제 막 강동을 아우르며 죽인 자들은 모두 아랫사람으로 하여금 사력을 다하게 만드는 영호, 웅걸이었습니다. 그럼에도 손책이 경박하여 [복수에] 방비하지 않으니 비록 그에게 백만의 무리가 있다 한들, 들판 한가운데 홀로 다니는 것과 다를 바 없습니다. 만약 자객이 매복해 있다가 공격하면 한 명을 대적할 수 있을 뿐입니다. 내가 보기로는 그는 필시 필부의 손에 죽을 것입니다."

손책이 장강을 건너기 전, 과연 허공의 빈객에게 죽임을 당했다.

(…) 제장들이 승세를 타서 나아가 공격하자고 하니 곽가가 말했다. "원소는 이 두 아들[58]을 모두 사랑하여 후사를 세우지 않았습니다. 곽도와 봉기가 모신 노릇을 하니 필시 서로 다투어 사이가 멀어질 것입니다. 우리가 급히 공격하면 원담과 원상은 서로 도울 것이고, 공격하지 않으면 뒷날의 다툼이 반드시 생겨날

---

58) 원담과 원상

것입니다. 남쪽으로 형주에서 유표 공략을 가장하며 변화를 기다리느니만 못합니다. 변화가 생긴 뒤에 그들을 공격한다면 일거에 평정할 수 있습니다."

(…) 태조가 장차 원상 및 삼군오환을 치려 하니, 수하들 다수는 유표가 유비를 시켜 허를 습격하며 태조를 공격할까 봐 우려하였다. 곽가가 말했다. "(…) 유표는 앉아서 담소하기나 좋아할 인물일 뿐이라 자신의 재능이 유비를 부리기에는 충분치 않다는 것을 잘 알고 있습니다. 유비에게 중임을 맡기면 제어할 수 없을까 두려워하고 있으나, 가벼운 임무를 주면 별 쓸모가 없을 것이니 우리가 비록 나라를 비워두고 원정하더라도 공이 염려하실 바가 없습니다." 〈곽가전〉

인터넷도 없던 시절이다. 그런데도 적의 내부 사정에 그렇게나 밝았다. 젊디젊던 손책이 뜬금없이 죽으리라는 사실마저 알았다. 밀정을 운영하지 않고서는 불가능할 테다.

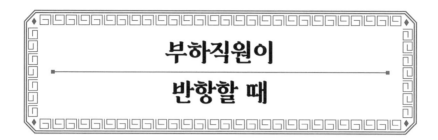

부하직원이
반항할 때

진수는 말했다.

《정사》　초나라 항우는 범증의 계략을 듣지 않아 왕업을 잃었는데, 원소가 전풍을 죽인 것은 항우의 실책보다 더한 것이다. 〈원소전〉

사실 조조도 그랬다.

《선현행장》　당초 태조[59]가 전풍이 종군하지 않았다는 말을 듣고 기뻐하며 말했다. "원소가 반드시 패할 것이다."

---

59)　조조

그러다 원소가 달아나자 다시 말했다. "만약 원소가 전별가[60]의 계책을 썼다면 아직 [성패를] 알지 못했을 것이다."

그러니까, 원소의 패인은 전풍과 저수의 충언을 무시한 데 있다는 이야기다. 원소의 세력이 조조의 세력에 비해 강성하니 지구전을 펼치라는 충언을, 빨리 조조를 꺾고 싶다는 마음에서 무시했다는, 뭐 그런.

그런데 전풍이나 저수의 조언은 '지구전을 벌이자!' 정도가 아니었다. 아예 '싸우지 말자!'에 가까웠다.

구체적으로 무슨 말을 했는지 볼까.

《후한서》 원소가 장차 군대를 남쪽으로 보내려 하니, 저수와 전풍이 간언하길, "군대가 출병한 지 여러 해를 지나, 백성들은 피폐하고 창고에는 저축해둔 바가 없는데, 부역은 한창 많으니, 이것은 나라의 심대한 우환입니다. 마땅히 사신을 보내 천자에게 승첩[61]을 보고하고, 농사에 힘쓰며 백성들을 편안케 하십시오. 만약 이것이 통하지 않는다면, 조 씨[62]에게 우리의 왕로와 멀어져 있다는 것을 드러낼 수 있습니다. 그런 연후에 진격해 여양에 주둔하여 하남에 군영을 짓고, 선박을 더 제작하며 군수물자를 수리한 후, 정예기병을 파견해 주변 지역을 노략질하여 저들이 편안치 못하게 하면 우리는 저들의 달아난 병사들을 취하게 됩니다. 그러면 3년 안에 앉아서 평정될 것입니다."라 했다. 심배와 곽도가 말하길 "병서에 적힌 병법에는 열 배면 포위하고 다섯 배면 공격하여 적과 능히 싸울 수 있다고 하였습니다. 명공[63]의 신무[64]함으로 하삭의 강력한 무리를 모아 조 씨를 정벌한다면, 비유컨대 이는 손바닥 뒤집는 것과 같이 쉬운 일입니다. 지금 때에 맞춰 취하지 않으면, 훗날 도모하기 어렵습니다."라 했다.

저수가 말하길, "무릇 난을 구제하고 포악한 자를 주살하는 것을 의병이라 하며, 강성함을 믿고 방자한 것을 교병이라 합니다. 의로운 자는 적이 없으나, 교만한 자는 먼저 멸망합니다. 조 씨가 천자를 영접해 허도에 궁을 건설했습니다. 지금 병사를 일으켜 남쪽으로 향하는 것은 의로움에 위배되는 것입니다. 또한, 조정에 대한 승리의 계책은 강약에 있지 않습니다. 조 씨의 법령은 이미 행해지고 있고, 군사들은 정예고 단련되었으니, 공손찬처럼 앉아서 포위당할 자가 아닙니다. 지금 만안의 방법을 버리고 명분 없는 군대를 일으키는 것은 공을 위해 적잖이 두렵습니다."라 했다. 〈원소열전〉

"잘 통치하고 있으면 조조는 알아서 자멸할 것"이라는 빈말을 빼고 요약하면 이렇다. 조조는 사실상 성공적으로 천자를 옹립하고 통치하고 있으니, 그 질서 속에서 하북 4개 주나 잘 다스려라. 원소로서는 도무지 용납할 수 없는 결말이다.

둘은 왜 그랬을까. 특히 전풍은 원소에게 조조를 공격하자고 제안했던 적도 있는데. 두 번이나 말이야.

---

63) 원소
64) 神武. 뛰어난 무용

《헌제춘추》 원소를 배반한 병졸이 공[65])에게로 와서 말했다. "전풍이 원소에게 허도를 빨리 습격하라고 하며, 만약 천자를 끼고 제후에게 호령하면 가히 사해를 지휘해 평정할 수 있다고 했습니다."

《정사》 건안 5년, 태조가 동쪽에서 몸소 유비를 정벌했다. 전풍이 원소에게 태조의 후방을 습격하도록 설득했으나 원소는 자식의 병을 이유로 거절하며 허락하지 않았다. 전풍은 지팡이를 들고 땅을 두드리며 말했다. "만나기 어려운 좋은 기회를 만났는데 갓난아이의 병 때문에 그 기회를 놓치니 애석하구나!" 〈원소전〉

이랬던 전풍은 왜 태세를 바꿨을까.

의대조 사건과 조조의 유비 토벌은 200년 1월이었다. 안량이 죽었던 백마 전투는 4월에 벌어졌으니, 전풍이 "유비를 공격하라."고 했던 순간과 큰 차이도 없다.

고작 2, 3개월 만에 피폐하던 백성들이 살아나고, 비었던 창고가 가득 찰 리 없다. 다른 이유가 있었겠지.

《후한서》 전풍은 이미 앞에서 기회를 잃었으므로, 곧바로 실행하는 것은 마땅치 않다고 간언했다. "조조가 이미 유비를 쳐부수었으므로 허도는 더 이상 비어 있지 않습니다. (…) 지금 묘승의 책략을 팽개치고, 한 번의 싸움에서 승패를 결정짓고자 하는데, 만약 뜻대로 되지 않으면 후회해도 늦습니다." 〈원소열전〉

---

65) 조조

전풍은 배짱을 부렸던 셈이다. 내가 좋은 기회랄 때는 무시해 놓고, 인제 와서 조조를 공격한다고? 식으로.

물론 원소에게도 이유는 있었다. 원소는 어쨌든 청류 그 자체였다. 유학, 유교적 가치를 무시할 수는 없었다.

유학은 결국 명분 싸움이다. 원소는 이미 조조로부터 대장군직과 구석 특진의 일부를 얻어냈다. 조조와의 밀당에서 이기기는 했지만, 동시에 받아들이는 순간부터 새 천자를 인정한 셈이 되기도 했다.

그러니 조조를 그냥 공격할 수는 없다. 그래서 기다렸다. 누구도 반박 못 할 정도의 명분을 손에 쥐기 위해서.

《정사》　선주[66]는 청주로 달아났다. 청주자사 원담은 선주의 옛 무재였기에 보병과 기병을 이끌고 선주를 맞이했다. 선주는 원담을 따라 평원에 도착했고, 원담은 급히 원소에게 사자를 보냈다. 원소는 장수를 보내 도로에서 맞이하고는, 자신은 업에서 2백 리 떨어진 곳까지 가서 선주와 만났다. 〈선주전〉

《위서》　유비가 원소에 귀부하자 원소 부자[67]가 마음을 기울여 공경하고 중히 대했다.

이윽고 명분이 제 발로 찾아왔다. 의대조 사건의 생존자 유비였다. 원소는 유비를 다시없이 융숭하게 대접했다.

그야말로 원소의 계산대로였다. 만약 유비가 도망치지 못하고 죽었으

---

66) 유비
67) 원소와 원담

면 그 또한 나쁘지 않았겠지. 천자의 뜻을 이을 사람이 사라졌으니까, 뜻을 계승할 수 있는 유일한 군벌이 됐겠다.

물론 의대조 사건의 유일한 생존자를 손에 넣는 편도 좋았다. 그 자체로 강력한 정치적 명분이 될 테니까.

그와 별개로, 전풍을 누르려는 수작도 없지는 않았겠다.

전풍은 별가 출신이다. 별가란 자사의 보좌관으로, 보통은 각 지역의 호족에게 주어지는 관직이었다. 그러니 전풍 역시 호족이었을 테다. 즉, 하북의 유력자였다.

하북의 신참자였던 원소로서는 위협이 될 상황이었다. 전풍의 공이 커지면 커질수록 더더욱.

《정사》 순욱이 말하길, "원소의 병력은 많으나 법령이 정비되어 있지 않소. 전풍은 강하나 윗사람을 거스르고, 허유는 탐욕스러워 다스리지 못하오. (…)"
〈순욱전〉

순욱은 전풍의 단점이 강하나 윗사람을 거스르는 데 있다고 했다. 전풍의 성격은 타 군영에서도 이미 유명했다는 뜻이다. 말 잘 안 듣는 부하직원을 데리고 있기로 유명하다니, 사실 상사 입장에서는 부담 아닐까. 심지어 지역의 유력자가 말이야.

그렇게 말 안 듣는 전풍의 기를 죽이려는 속셈도 있었겠지. 전풍도 알았을 테고. 그러니 내질러 버린 것이다.

"내가 공격하랄 땐 안 하더니, 지금 와서 하겠다고? 그냥 조용히 살지?" 하고.

원소로서는 이런 하극상을 참을 수 없었지. 결과는 모두가 아는 그대로고.

《정사》 전풍이 간절히 간언했으나, 원소는 사기를 꺾는다고 생각해 매우 노하여 그를 형틀에 묶었다.

원소군이 패배하고 나자 어떤 이가 전풍에게 말하길 "그대는 반드시 중하게 되실 것입니다."라 했다. 전풍이 말하길 "만약 우리 군이 유리했다면 나는 보전할 수 있었겠지만, 지금 군대가 패하였으니 나는 죽을 것이다."라 했다. 원소가 돌아와서 주위 사람에게 말하길 "내가 전풍의 말을 듣지 않았더니, 과연 웃음거리가 되었다." 하고 마침내 그를 죽였다. 〈원소전〉

상사에게 옳은 말을 하는 것도 중요하겠지만, 상사의 위신을 살리는 것도 그만큼 중요한 법이다. 회사에서도 그러할진대, 군주의 권위가 훨씬 더 강했던 옛날은 어땠을까.

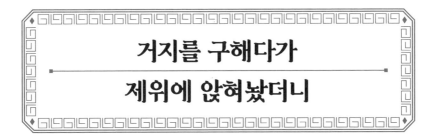

거지를 구해다가
제위에 앉혀놨더니

　이각과 곽사의 횡포에서 탈출한 헌제가 곤란에 처했다는 사실을 알게 된 조조. 대군을 이끌고 천자와 영접한 후, 이각과 곽사를 무찌른다. 그러고 나서는 수월하게 조정을 장악하는데.

　삼보의 난은 대충 이런 줄거리다.

　맞다. 요약하면 그렇다. 눈물 없이는 못 들을 정도의 기구한 사연과 숨 막힐듯한 정치 공작을 생략하고, 가장 중요한 사실만 나열하면.

　당시 헌제의 상황을 보자.

《헌제기거주》　이각은 다시 황제의 수레를 옮겨 북오로 행차하게 하고는 교위를 시켜 안팎을 통하지 못하도록 감시했다. 시종하던 신하들에게는 모두 굶주린 기색이 있었다. 이때 날이 무척 더웠으나 사람들의 마음이 모두 얼어붙었다. 황제가 쌀 5곡, 소뼈 5구를 구해 좌우에 하사하려 하자 이각이 말했다,

"아침저녁으로 상을 올리는데 쌀을 어디에 쓰려 하십니까?"

그리고는 썩은 소뼈를 주니 냄새가 나 먹을 수 없었다.

이각에게 납치당한 헌제는 거동도 자유롭게 할 수 없었다. 말 그대로 감금이었다. 심지어 헌제를 따르던 사람들은 굶주리고 있었다. 헌제가 어떻게든 식량을 융통하려 했지만, 이각은 썩은 소뼈를 준다. 대충 그 정도로 푸대접을 받고 있었다고 보면 되겠다.

그래도 이각과 곽사 사이의 불화를 틈타, 패기 좋게 탈출에는 성공했다. 성공은 했는데, 상황이 너무 나빴다. 이각과 곽사는 다시 손을 잡았고, 거기에 장제까지 이각, 곽사와 손을 잡는다. 헌제는 도적의 우두머리 출신인 한섬에게까지 몸을 의탁해야 했다.

《정사》 양봉은 급히 하동에 있는 옛 백파적의 우두머리 한섬, 호재, 이락 등을 불러 합쳐서는 이각, 곽사와 더불어 크게 싸웠다. 양봉군이 패하자 이각 등은 군사를 풀어 백관공경을 죽이고 궁인을 약탈해 홍농으로 들어갔다. 〈동탁전〉

하지만 한섬의 군대는 생각만큼 강하지 않았다. 혹은 이각, 곽사는 생각보다 강했다. 어쨌든 여포도 무찌른 사람들 아닌가. 대패한 동승과 양봉은 가까스로 헌제를 구출했다.

《후한서》 천자가 조양에서 노숙했다. 동승, 양봉은 이에 이각 등과 연합할 것처럼 속였다. 첩자를 몰래 보내 하동에 이르자, 옛 백파적 수령인 이락, 한섬, 호재, 남흉노 우현왕 거비 무리 수천 기를 거느리고 와서 동승, 양봉과 더불어 이각을 함께 공격해 크게 격파하고, 수천의 무리를 참수했다. 황제의 수레는 그제야 나아갈 수 있었다. 〈동탁열전〉

그렇게 몸만 피한 헌제는 길거리에서 노숙하는 지경에 이르렀다. 결국 흉노 우두머리의 힘까지 빌려야 했다. 그 후에야 헌제는 길을 나설 수 있었다.

《후한서》　이각 등은 다시 전투하러 왔다. 양봉 등이 크게 패해, 죽은 자가 매우 많았다. 동간에서부터 [죽은] 병사가 40리나 이어졌다. 가까스로 섬현에 이르자 영을 세워 지켰다. 당시 잔인하게 격파당하자 호분, 우림 백 명이 불만이라, 모두가 다른 마음을 가졌다. 동승, 양봉은 밤에 몰래 하[68]를 건널 것을 의논하였고, 이락에게 먼저 배를 준비하도록 시켜, 불을 일으켜 응하도록 했다. 황제는 영을 걸어서 나와, 하에 임하여 건너려고 하자 언덕의 높이가 십여 장이었다. 이에 비단으로 매달아 아래로 내려갔다. 다른 사람들은 언덕 옆을 기어가거나, 황제를 따라 스스로 아래로 몸을 던졌으니 죽거나 심하게 다쳤다. 서로 배에 오르려 다투며 넘어지니 통제하지 못했다. 동승이 창으로 내리쳐 해치니, 배 안에 참혹하게 잘린 손가락이 남았다. 오직 황후와 귀인 송 씨, 양표, 동승과 황후의 아버지 집금오 복완 등 수십 명이 함께 건넜다. 남은 궁녀들은 모두 이각의 병사들이 노략하여 빼앗았다. 이때 얼어 죽거나 물에 빠져 죽은 자가 매우 많았다. 〈동탁열전〉

하지만 이각과 곽사는 쉽게 포기하지 않았다. 이각에게 따라잡힌 헌

---

68)　황하

제군은 어떻게든 맞서 싸웠지만 크게 패하고 말았다. 그렇게 죽은 병사의 시체가 무려 15km나 늘어져 있었단다.

겨우 도망쳐 황하에 다다른 헌제. 언덕 밑으로 내려가야만 도하를 할 수 있는데, 높이가 30m에 달했다. 헌제는 비단에 매달려 겨우 배를 탈 수 있었지만, 다른 사람들은 스스로 몸을 던졌다가 죽기도 했다.

그나마 살아남은 사람들은 배에 오르기 위해 어떻게든 갑판을 잡았다. 이때 동승이 직접 창으로 배를 쥐고 있는 사람들의 손가락을 잘랐단다. 의대조 사건의 그 동승 맞다.

결국 남은 궁녀들은 이각의 병사들이 차지했다. 물에 빠져 죽거나 얼어 죽은 사람도 부지기수였으니, 고작 수십 명만 강을 건널 수 있었다.

《후한서》 그 외의 천한 무리들이 관직에 오르는 것을 다투니 옥새가 없어 송곳으로 그리기까지 이르렀다. 천자의 주연 음식으로 가진 술과 고기를 가져왔다. 제장들은 계집종을 보내 [황제의] 안부를 살폈으며, 천자에게 보낸 술을 가져왔다. [황제와] 시중을 통하지 못하게 했으며, 떠들썩하게 호통치며 욕하고 꾸짖었다. 〈동탁열전〉

《위서》 황제가 가시나무 울타리 안에 거처했을 때, 문호를 닫을 수가 없으니, 황제와 여러 신하가 더불어 모이면, 병사들은 울타리에 엎드려 위를 보고 웃었다.

겨우 소달구지를 타고 안읍에 도착해 임시 도읍으로 삼았지만, 상황은 여전히 처참했다. 헌제는 문도 닫히지 않는 가시 울타리 안에서 자야 했다. 양봉과 한섬, 동승 등 헌제를 따른 10여 명의 신하들은 관직을 다

뒀다. 옥새조차 없던 헌제는 송곳으로 인장을 그려야 했다.

공을 인정받고자 다툰 정도면 그나마 나았겠지. 무례하기는 또 얼마나 무례했는지. 천자의 음식과 술을 멋대로 가져와 먹고 마셨을 정도다. 윗물이 그 모양이니 아랫물도 멀쩡할 리 없다. 병사들이 대놓고 헌제를 비웃곤 했지만, 헌제는 불쾌함을 표시할 수도 없었다.

《정사》 양봉, 한섬 등은 마침내 소달구지로 천자를 모셔 안읍에 도읍을 세웠다. 태위 양표, 태복 한융 등 근신으로 수종하는 자는 10여 명이었다. 한섬을 정동장군, 호재를 정서장군, 이락을 정북장군으로 삼으니 양봉, 동승과 함께 집정했다. 한융을 홍농으로 보내 이각, 곽사 등과 화친을 맺자 약탈한 궁인, 공경, 백관들과 승여 거마 몇 승을 되돌려 보냈다. 이때 황충이 일고 날이 가물어 곡식이 없어 수종하던 관원들은 대추와 채소를 먹었다. 〈동탁전〉

그런 혼란한 상황 속, 이각, 곽사와 화친을 맺는 데까지는 성공했다. 덕분에 이각과 곽사가 억류했던 궁인과 백관들이 돌아왔다. 하지만 이내 메뚜기 떼가 크게 일었다. 헌제를 따르던 사람들은 대추와 채소로 연명했다. 헌제도 사정은 크게 다르지 않았다.

《정사》 태조[69]가 장차 천자를 영접하려 하자 제장들 중에 간혹 반대하는 자가 있었으나, 순욱, 정욱이 권하자 조홍을 보내 군을 이끌고 서쪽으로 가서 천자를 영접하도록 했다. 위장군 동승이 원술의 장수 장노와 함께 험준한 곳을 막고 있었으므로 조홍은 진군할 수 없었다. 〈무제기〉

----

69) 조조

조조가 천자 영접에 나선 것이 이때다. 하지만 이는 조조보다 원술을 선호했던 동승에 의해 저지된다. 그도 그럴 것이, 당시까지도 조조는 원소의 부하 취급을 받고 있었다.

《후한서》　2월, 한섬이 위장군 동승을 공격했다. 〈효헌제기〉

《정사》　제장들이 서로 통수되지 못해 위아래가 어지러워지고 양식이 다했다. 이에 양봉, 한섬, 동승은 천자를 모시고 낙양으로 돌아가려 하여 기관을 나와 지도로 내려갔다. 〈동탁전〉

《후한서》　건안 원년 봄, 제장들이 권세를 다투어 한섬이 마침내 동승을 공격했다. 동승은 장양에게 달아났고, 장양은 이에 동승에게 먼저 낙양의 궁을 손질하고 보수하도록 했다. 7월, 황제 돌아와 낙양에 이르니 양안전에 행차했다. 장양은 스스로 공이 있다 하여 그의 이름 양을 궁궐 이름으로 했다. 〈동탁 열전〉

먹을 것이 남지 않은 상황. 결국 천자는 낙양으로 향한다. 그 와중에 내분까지 일어나, 2월에는 한섬이 동승을 공격했다. 동승은 야왕현의 장양에게로 도망친다.

《후한서》　가을 7월 갑자일, 거가가 낙양에 도착하여 전 중상시 조충의 집으로 행차했다. 〈효헌제기〉

《정사》　천자가 낙양으로 들어오니 궁실은 모두 불타고 길거리는 황폐해 백관들은 고난을 겪으며 언덕이나 담장 사이에 의지했다. 주군에서는 각기 군사를 끼고 스스로를 지킬 뿐 당도하는 자가 없었다. 굶주림과 곤궁함이 점차 심해지자 상서랑 이하가 몸소 나가 땔나무를 캤으며, 담장 사이에서 굶어 죽기도 했다. 〈동탁전〉

그래도 헌제 일행은 어찌저찌 낙양에 도착했다. 7월이었다. 천자가 장안을 탈출한 것이 전해 6월이니, 무려 1년 1개월이 걸린 셈이다.

하지만 헌제가 그렇게도 바라 마지않던 낙양은 이미 폐허가 된 지 오래였다. 관원들마저 굶어 죽었다.

그렇게 개판이었지만, 내분은 조금이나마 정리가 됐다. 이락과 호재는 하동에 잔류했으며, 양봉과 장양은 각자의 근거지로 돌아갔다. 하지만 마지막까지 천자 곁에 남은 한섬과 동승은 싸움을 멈추지 않았다.

《후한서》 한섬이 공을 자랑하며 제멋대로 사람을 뽑고, 정사를 간섭하여 어지럽히니 동승이 염려해 몰래 연주목 조조를 불렀다. 〈동탁열전〉

동승은 결국 자신이 직접 막았던 조조에게 손을 뻗었다.

《정사》 여남과 영천의 황건적 하의, 유벽, 황소, 하만 등은 각각 그 무리가 수만에 이르렀는데, 처음에 원술에 호응했다가 다시 [원술의 지지 세력인] 손견에 붙었다. 2월, 태조가 진군하여 이를 깨뜨리고 유벽, 황소 등을 참수하자 하의의 무리가 모두 투항했다. 천자가 태조를 건덕장군으로 임명했다. 〈무제기〉

그 사이, 조조는 원술군 및 원술계 군벌을 격파하고 조정의 정식 부름만을 기다리고 있었다. 제멋대로 군대를 이끈 채 천자를 찾아갈 수는 없는 노릇이었으니까.

백파적의 두목 이락, 한섬, 호재 등과 흉노족의 우현왕 가비도 천자의 부름을 받아 찾아왔지, 제멋대로 영접을 시도하지는 않았다. 동탁조차 어쨌든 하진의 명령을 받고 낙양에 이르지 않았나. 잘못하면 반역이 되어버리니 당연하다.

《정사》 동소는 양봉의 병마가 가장 강하지만 무리와 외부의 구원이 적다고 생각하고, 태조의 편지를 양봉에게 전달했다.

"저는 장군에 대하여 명망을 듣고 도의를 일편단심으로 사모했습니다. 지금 장군께서는 만승의 어려움을 구하셨으며, 천자가 옛 도읍으로 귀환하시게 했으니, 천자를 보좌한 공은 세상을 초월하여 필적한 만한 사람이 없습니다. 어찌 위대하지 않다고 하겠습니까!

지금은 바야흐로 흉악한 무리가 중국을 혼란스럽게 하고, 사해가 아직 평안하지 않으니, 이때 제위라는 큰 자리는 지극히 중요합니다. 그러나 이럴 때일수록 모든 것이 보좌하는 신하에게 달려 있습니다. 반드시 현명한 사람들이 많아 군왕의 앞길을 깨끗하게 해야 하는데, 진실로 한 개인이 홀로 이룩할 수 있는 일이 아닙니다.

사람의 마음과 배, 그리고 사지는 실제로는 서로 의지하는 것이므로, 하나라도 갖추어 있지 않으면 결함이 있게 됩니다.

장군께서 안주인이 되시면, 저는 바깥에서 구원하겠습니다. 지금 제게는 양식이 있고, 장군께는 병사가 있으니, 있고 없음이 서로 통하여 충분히 서로를 구제할 수 있습니다. 지금 이후로 죽고 사는 것과 헤어지고 만나는 것을 장군과 서로 함께하고자 합니다." 〈동소전〉

하지만 조조는 동승을 믿지 못했다. 대신, 원소의 부하 시절부터 연이 있던 동소에게 연락한다. 동소는 원소와 사이가 좋지 않았던 상태였기에, 더더욱 조조의 승승장구를 바랐을 테다. 일전에도 조조의 연주목 취임을 추천한 바 있다.

동소는 조조의 파트너로 낙양에 있던 동승이나 한섬 대신, 양봉을 선택한다. 동소는 양봉을 "사람됨이 용감하지만 생각이 부족하여 잘 의심하지 않는다."고 했다. 용감하지만 의심이 적다—좋은 말로 호인이었을 테다. 그만큼 조조의 집권에 방해가 되지 않았겠고.

조조는 동소의 말에 따라 양봉에게 편지를 쓴다. 동소의 충고가 있었는지는 모르겠지만, 내용이 아부 가득이다. 대충 "진작부터 임을 대단하다고 생각했다. 심지어 이제 천자 구출까지 했으니 임만 한 사람이 어디 또 있겠냐. 그런데 지금 나라가 난리라 혼자서는 질서를 세우기 어려울 텐데, 임이 조정을 이끌면 나는 밖에서 식량을 대겠다. 우리 같이 살고 같이 죽자." 정도의 내용이니까.

> 《정사》　양봉은 편지를 받고 기뻐하면서, 여러 장수들에게 말했다. "연주의 모든 군대는 가까이 허창에 있으며, 그들에게는 병사도 있고 식량도 있으니, 국가가 그들을 의지하고 숭상해야 하오."
> 마침내 표를 올려 태조를 진동장군으로 삼고, 아버지의 작위를 이어받아 비정후가 되게 했으며, 동소를 부절령으로 승진시켰다. 〈동소전〉

의심이 적다는 평가는 진짜였는지, 양봉은 크게 기뻐한다. 사실 의심이 있었어도 다른 길이 없었을지도 모른다. 동승 및 한섬과 권력 다툼을 계속했다는 것은, 결국 그 누구도 압도적인 전력을 갖추지 못했다는 뜻이다. 외부 세력의 도움이 있어야만 반전을 꾀할 수 있었다.

　양봉과 손을 잡은 조조는 진동장군이 되었다. 진동장군의 주 임무는 반란 진압이었으니, 조조의 군대가 정통이라 천명한 셈이다. 그제야 조조는 낙양에 입성해 천자를 만났다.

《정사》　태조가 이에 궐에 이르러 공물을 바치고 공경 이하에게도 주었다. 이에 한섬과 장양의 죄를 상주하였다. 한섬은 처벌이 두려워 혼자 말을 타고 양봉에게 달아났다. 황제는 한섬과 장양이 거가를 보좌한 공이 있으므로 조서를 내려 일절 묻지 않는다 하였다. 이어 위장군 동승, 보국장군 복완 등 10여 명을 열후로 봉하고, 저준을 추증하여 홍농태수로 삼았다. 〈동탁전〉

《정사》　마침내 태조가 낙양에 당도해 경도를 호위하자 한섬은 달아났다. 천자가 태조에게 절월을 내리고 녹상서사로 삼았다. 〈무제기〉

　물론 그러고도 조정 장악은 쉽지 않았다. 조조는 우선 굶어가던 대신들에게 식량부터 뿌린다. 동시에 패자 정리에 나서 한섬과 장양을 탄핵했다. 반면 자신의 낙양 입성을 허락했던 동승은 열후에 봉했지.

　헌제는 한섬과 장양의 탄핵을 거부했다.

　조조에게 권력이 집중되는 행태가 달갑지 않아서라는 해석도 옳을 수 있다. 하지만 그러려면 조조를 녹상서사에 임명하지 않았겠지? 녹상서사는 어린 황제 대신 집정하는 나라의 재상으로, 건석 사후 하진이 받은 직책이다.

　그러니까, 조조는 명실상부 내정 1인자가 된 것이다.

　즉, 조조의 견제를 위해서라기보다는, 말 그대로 정이 생겨서였을지도. 어쨌든 1년 남짓 함께 고생한 사이 아닌가.

무슨 이유 때문이든, 한섬은 군대를 버리고 양봉의 밑으로 들어갔다. 조조도 더는 죄를 묻지 않았다. 양봉과는 아직 사이가 좋았던 데다, 헌제의 허락 없이 누군가에게 벌을 내릴 권력을 갖추지 못했던 탓이다.

그 후에는 모두가 아는 그대로다.

이쯤 되면 의대조 사건 때, 조조의 분노에도 공감이 되지 않냐. 어쨌든 도적의 손을 빌릴 정도로 곤궁했던 종묘사직을 바로 세웠는데. 그것도 자신의 사비를 털어서.

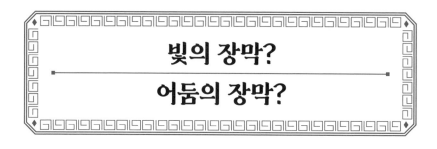

빛의 장막?
어둠의 장막?

《정사》 어려서부터 의협으로 알려져 가난한 자를 구제했으며 위급함을 구함에 아낌없이 집안을 기울이니 많은 선비들이 그에게 귀의했다. 태조[70]와 원소가 모두 장막의 벗이었다.

동탁이 난을 일으키자 태조는 장막과 함께 앞서서 의병을 일으켰다. 변수 싸움에서 장막은 위자를 보내 군사를 이끌고 태조를 뒤따르게 했다. 〈여포전〉

조조와 장막은 어린 시절부터 친구였다. 반동탁 연합 당시에도 같이 싸웠다. 조조가 형양에서 서영에게 대패했을 때, 조조를 구원하고 후원해 준 사람도 장막이었다. 유비에게 미축이 있다면, 조조에게는 장막이 있었다.

---

70) 조조

장막은 원래 조조보다 빠르게 이름을 알린 명사였다. 반동탁 연합, 산조의 맹주 장홍의 맹세에서도 분명히 나타난다.

《후한서》 "한실이 불행하여 황실의 법도가 더 이상 사람들을 거느리지 않습니다. 불충한 신하 동탁이 이 틈을 타 멋대로 해악을 저지르니 그 독이 백성들에게까지 번져 퍼지고 있습니다. 사직이 멸망하는 길로 빠져 사해가 전복될까 크게 두렵기에 연주자사 유대, 예주자사 공주, 진류태수 장막, 동군태수 교모, 광릉태수 장초 등이 의병을 규합하여 국난에 힘쓰고자 합니다. (…)" 〈장홍열전〉

여기에 조조의 이름은 없지만, 장막의 이름은 있다. 물론 조조에게는 그럴싸한 관직이 없었던 데다, 병사의 수도 적었다. 혹은 장막이 조조보다 그럴싸한 관직을 지닌 채, 더 많은 병사를 데려왔다는 이야기가 된다. 그러니 조조를 후원해 줄 위치가 되었겠고.

《정사》 태조가 도겸을 정벌할 때 집안사람들에게 이르길, "만약 내가 돌아오지 못하면 맹탁에게 가서 의지하라."고 했다. 그 뒤 돌아와 장막을 만나서는 눈물을 흘리며 서로 대하니 그 친밀함이 이와 같았다. 〈무제기〉

조조는 그런 장막을 마음속 깊이 믿었다. 서주를 정벌하러 가기 전, 장막에게 자신의 가족을 맡기기까지 했다.

서주에 왜 갔는지를 생각해 보자. 아버지와 동생의 복수를 위해서다. 가족을 잃어본 사람이 남은 가족의 목숨을 맡겼을 정도니, 조조의 신뢰가 어느 정도였는지 짐작이 된다.

하지만 장막은 이때 이미 조조를 꺼리고 있었다. 변양 숙청이나 서주 정벌 때문은 아니고, 원소와의 관계 때문이다.

《정사》 원소가 맹주가 된 후 교만하고 자만하는 기색을 띠자, 장막은 정의
로써 원소를 질책했다. 원소는 태조에게 장막을 죽이도록 했는데, 태조는 이
를 거절하고는 원소를 질책하며 말했다, "맹탁은 친한 벗이니 옳든 그르든 마
땅히 용납해야 하오. 지금 천하가 아직 평정되지 못했으니 서로 해치면 안 되
오." 장막을 이 일을 알고 태조를 더욱 덕으로 대했다.
(…) 여포가 원소를 버리고 장양을 좇으려 할 때 장막에게 들렀는데, 서로 헤어
질 때 손을 잡고 맹세하니 원소가 이 일을 듣고 크게 원한을 품었다. 장막은
태조가 끝내 원소를 위해 자신을 해치리라 생각하고 내심 스스로 편안하지 못
하였다. 〈여포전〉

원래 원소와 조조, 장막은 셋이 함께 친했다. 하지만 장막과 원소는
어느 순간부터 삐거덕거리기 시작하고, 원소는 결국 조조에게 장막을
죽이라고 명한다.

조조는 이 명령을 거부했다. 어쨌든 진심으로 장막을 친구로 여겼던
모양이다.

하지만 원소는 여포의 일로 장막에게 또 한 번 분노한다. 당시만 해도
조조는 원소의 끄나풀 취급을 받았더랬다. 장막은 조조가 이번에도 원
소를 거부할 수 있는지 확신하지 못했다.

사실 장막의 행보를 보면, 머리에 물음표가 떠오른다.

친구 원소가 반동탁 연합 당시 맹주가 되어 교만해졌기에 질책했단
다. 그런데 원소는 스스로의 감정을 무척이나 잘 숨기는 사람이었다. 더
군다나 당시만 해도 한복의 견제를 받던 터였다. 거만하게 행동했을 리

없다. 그리고 질책 몇 번에 친구를 죽이라고 명령하는 것은 뭐랄까, 여론과 평판에 극도로 신경 쓰던 원소다운 행동이 아니다.

> 《정사》 한복이 두려운 마음을 품고 원소로부터 도망쳐 장막에게 의지했다. 후에 원소가 사신을 장막에게 보내, 논의할 것이 있다 하여 장막과 귓속말을 하였다. 한복이 그 자리 위에 있다가, [자신을 해칠] 계획을 짠다고 생각해, 얼마 안 되어 뒷간에 가서 자살했다. 〈원소전〉

그럼에도 죽이라고 한 것은 《정사》의 기록이다. 〈원소전〉에 따르면, 그 이유가 따로 있는듯하다. 원소가 한복을 속여 기주를 얻었을 때다. 한복은 원소가 두려워 장막에게 의탁했다가 자살한다.

아마 이때 조조에게 장막을 죽이라 명령했을 테다. 장막이 한복의 죽음을 원소의 탓으로 몰았기 때문에. 친구를 상대로 여론몰이를 한 셈이다. 원소로서는 친구를 죽여서 생길 나쁜 여론이, 친구로 인해 생기는 나쁜 여론보다 나으리라는 계산이었겠다.

조조와의 관계도 그렇다. 조조가 못 나갈 때는 물심양면으로 조조를 돕더니, 막상 조조가 세력을 회복하자 조조를 못 믿었다. 심지어 조조는 이때 장막에게 가족을 맡길 정도였는데.

그런 사람이 있다. 자신보다 못한 사람만 주위에 두려는. 그런 데서 모종의 안도감 혹은 우월감을 느낀다고나 할까. 그렇지 않으면 열등감을 느낀다.

어쨌든 남들 앞에서 친구를 질책하고, 또 자신에게 가족까지 맡긴 친구를 배신하고…. 아무리 난세라고는 하지만, 쉬운 일은 아니다.

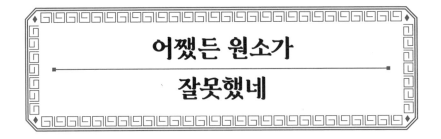

어쨌든 원소가
잘못했네

20세기 말부터 21세기 초까지는 조조의 재평가가 유행이었다. 요새는 원소의 재평가가 유행이더라. 사실은 우유부단하지 않았다, 권위에 치중하는 도련님이 아니었다, 되려 대단히 냉혹한 군주였다, 뭐 이런 식으로.

냉혹하고 냉정했던 지도자는 맞다. 아니라면 삼년상을 두 번이나 치르지 못했을 테다. 맹진항에서의 방화 및 백성 도륙 사건도 그렇지.[71]

동탁의 원씨 가문 살해도 원소의 의도였을지 모른다. 원소 입장에서는 사실 손해 보지 않는 장사였다. 원씨 가문은 이미 청류의 거두가 된 원소에게 불쾌감을 드러낸 바 있다.

《후한서》   원소의 숙부인 태부 원외가 소문을 듣고는 원소를 불러 조충이

---

71) 〈십상시를 죽이려거든 백성부터 죽여라〉 참고

했던 말로 책망했다. 그러나 원소는 끝내 고치지 않았다. 〈원소열전〉

더군다나 다른 원씨 가문이 얼자였던 원소를 가주로 세울 리 만무했다. 실제로 대부분의 원씨 가문 사람들은 적자였던 원술을 따랐다. 원소는 그나마 원씨 가문 대부분이 죽었기 때문에 정통성을 얻을 수 있게 되었다. 그 덕에 생긴 동정표는 덤이고.

협천자 역시 마찬가지다. 원소는 협천자를 선택하지 않았는데, 이는 우유부단한 성격 탓이 아니었다. 서슬 퍼런 동탁을 상대로, 소제 폐위를 거절하면서 생겼던 본인의 정통성을 유지하기 위해서였다.[72]

심지어 타고난 정치력으로, 협천자 후의 명분 싸움에서도 지지 않았다. 조조를 동탁처럼 그려낸 사람도 바로 원소였다.

조조와의 '밀당'도 마찬가지다. 조조는 그 전까지 원소의 부하였다. 부하에 가까웠던 정도가 아니라, 부하 그 자체였다.

《자치통감》　조조가 형양의 변수에서 [서영에게] 패했을 때, 군사를 거두어 하내에 있던 원소에게 귀부했다. 원소는 표를 올려 [조조를] 동군태수로 삼았다. 여포가 연주를 습격해 취했을 때 원소가 조조에게 가족을 보내 업에 거처하도록 시켰다.

손견이 원술의 부하였듯이, 관우가 유비의 부하였듯이, 하후돈이 조조의 부하였듯이, 조조는 원소의 부하였다. 어린 시절부터 친구였던, 믿을만한 부하였기에 군대를 주고 멀리 보낸 셈이다.

---

72) 〈원소는 왜 협천자에 나서지 않았을까?〉 참고

조조는 그렇게 원소의 믿을만한 부하로서 흑산적을 격파하기 위해 동군으로 향했고, 그랬기 때문에 원술이나 도겸을 공격할 때도 원소의 허락이나 도움을 받았다.

그랬던 조조가, 천자 옹립을 기점으로 독립했다.

훗날 원소가 선언한 〈격주군문〉에서는 이런 조조에 대한 배신감이 잘 드러난다.

《위씨춘추》   앞서 선언한 격문에 이렇게 말하였다. "(…) 막부[73]께서는 번번이 군대를 나누어 주며 정예부대를 보충해 주었다. 또한 표를 올려 동군태수와 연주자사를 맡게 했으며, 호문의[74]를 입히고 일부 병력을 주어 위엄과 권세를 갖추도록 격려했다. 이로써 진나라 군사가 한 번 이겨서 임금의 신뢰에 보답한 것을 바랐다.

그러나 조조는 [막부의] 자산을 기반으로 세력을 얻자 제멋대로 행동했으니, 혹렬하게 백성을 착취하여 현명한 이와 착한 이들을 해쳤다. (…)"

원소의 배신감을 알면서도, 조조는 관계 청산을 멈추지 않았다.

《정사》   마침 태조[75]가 천자를 영접해 허에 도읍을 세우고 하수 남쪽 땅을 거두니 관중이 모두 귀부했다. 원소가 후회하여 태조로 하여금 천자를 옮겨 견성에 도읍을 세움으로써 자신과 가깝도록 하고자 했으나, 태조는 이를 거절

---

73)   원소
74)   호랑이 무늬의 무관복
75)   조조

했다. 천자는 원소를 태위로 삼았다가 전임하여 대장군으로 삼고 업후로 봉했다. 〈원소전〉

《후한서》 이때 조조가 스스로 대장군이 되었는데, 원소가 그(조조)의 아래에 있는 것을 부끄럽게 여겨, 작위적으로 표를 올려 사양하고 받지 않았다. 조조가 크게 두려워하여 원소에게 관위를 양보하였다. 〈원소열전〉

태위가 지위상으로는 대장군보다 높기는 하다. 하지만 이미 오래전부터 명예직으로 알려져 있었으니, 실권은 대장군에 있었다.

원소는 분노했다. 원소는 감정을 잘 드러내는 편이 아니었다. 그랬던 원소가 분노를 표출한 것이다.

《후한서》 원소는 겉으로는 너그럽고 고상하며 사물을 처리하고 사람을 포섭하는 도량이 있었고 근심이나 기쁨을 얼굴에 나타내지 않았다. 〈원소열전〉

과거 2차, 3차 매체 등에서는 "도읍보다 지위를 우선하다니 명예를 중시하는 도련님답다."는 식으로 해석했다. 실속을 챙기는 조조가 '그깟 지위'를 쿨하게 양보했다는 묘사는 덤.

그런데 솔직히 분노할 법도 하잖아. 조조가 죽마고우이자 최측근인 하후돈에게 나가서 도적을 패퇴시키라며 병사를 줬는데, 이 하후돈이 나가서는 독립하더니, 갑자기 조조한테 "나는 대장군이 될 테니 너는 고문이나 해."라고 해봐라. 어떻게 느껴지겠냐.

《헌제춘추》 원소가 반열이 태조 아래인 것을 수치스럽게 여기며 노하길,

"조조가 자주 죽을뻔했을 때 내가 번번히 구원해 살려주었는데, 인제 와서 은혜를 저버리고는 천자를 끼고 내게 명을 내리는가!"라 말했다. 태조가 이를 듣고 원소에게 대장군 직을 양보했다.

《후한서》　2년, 장작대장 공융으로 하여금 부절을 가지고 원소를 대장군에 임명하며, 석의 궁시[76]와 부월,[77] 호분[78] 100인을 하사하고 기주, 청주, 유주, 병주 4주의 독을 겸하게 하니 원소는 그제야 관직을 받아들였다. 〈원소열전〉

분노에 정당성이 있든 없든, 이 '밀당'은 조조의 완패로 끝났다. 달리 말하자면, 분노를 평소와는 달리 솔직하게 표출함으로써, 원소는 칼 한 번 들지 않고 승리했다.

조조는 두려움에 떨며 백기를 들었다. 대장군의 자리를 양보한 정도가 아니다. 무려 구석 특진의 일부와 더불어 4개 주에서의 절대적 권력마저 허가했다.

유주의 공손찬이 패망하기도 전이다. 그런데도 원소와의 교전을 피하려 들었다. 원소는 감정을 언제, 어떻게 드러내야 좋을지 정확히 아는 사람이었다.

그럴 만도 했다. 원소는 그전까지 무패에 가까웠다. 반동탁 연합이 끝나는 시점까지도, 원소에게는 제대로 된 지휘 경험이 없었다. 그나마 다른 군벌들은 황건적을 상대로 싸워라도 봤지, 원소는 난이 한창일 당시

---

76)　역적을 처단할 수 있는 권한
77)　사법적 재량권
78)　신변불가침 등 면책특권 및 호위병

에도 낙양에만 있었다.

그랬던 원소가, 바로 그 '흉노를 쓰는 자, 요서의 공손찬'을 상대로 연전연승을 거둔다. 이복 아우인 원술이 연전연패한 것과 비교해 보면, 군사적 재능을 타고났다고밖에는.

여기까지만 보면 원소는 참 잘난 사람이다. 이렇게 잘난 원소는 왜 조조에게 패배했는가.

관도대전은 사실 조조가 밀리고, 밀리고, 다시 밀리다가 역전하는 이야기다. 실제로 《정사》는 조조의 불리함을 기록하고 있다.

> 《정사》 8월, 원소가 둔영을 연결하며 점차 전진해 모래언덕에 의지해 둔영을 세우자 동서로 수십 리에 이르렀다. 공[79] 또한 둔영을 나누어 대치했으나 불리했다.
>
> 원소가 다시 진격해 관도에 이르니 토산을 세우고 땅굴을 팠다. 공 또한 안에서 이를 만들어 대응했다. 원소가 둔영 안으로 활을 쏘니 화살이 마치 비처럼 쏟아져, 다닐 때는 모두 방패를 덮어써야 했고 군사들은 크게 두려워했다.
>
> 이때 공의 군량이 적어 순욱에게 서신을 보내 허도로 돌아가는 일을 의논했다. 〈무제기〉

원소는 착실하게 조조의 목을 조여오고 있었다. 이대로만 가면, 조조는 그야말로 거지꼴이 되어 원소에게 목숨을 구걸하게 될 판이었다.

그때 한 줄기 빛마냥, 허유가 등장했다.

---

79) 조조

《영웅기》 [원소는] 또한 유협을 좋아하여 장맹탁,[80] 하백구,[81] 오자경, 허자원,[82] 오덕유[83] 등이 모두 분주지우가 되고 벽소[84]에 응하지 않았다.

허유는 젊은 시절부터 원소의 분주지우, 위기에 처하면 바로 도와줄 친구였다. 조조와 하후돈의 사이와 비슷했겠다.

《정사》 원소의 모신인 허유는 재물을 탐냈으나 원소가 충족해 주지 못하자, 공에게로 달아나서 순우경 등을 공격하도록 설득했다. 좌우에서는 이를 의심했으나 순유, 가후는 공에게 이를 따르도록 권했다. 공은 조홍을 남겨 수비하게 하고는 친히 보기 5천을 이끌고 밤중에 길을 떠나 날이 밝을 무렵 도착했다. 〈무제기〉

그랬던 허유가 원소를 배신하고 조조에게 투항했다. 그것도 원소군의 기밀을 들고. 《정사》만 보면, 허유가 재물을 더 달라고 했지만 원소가 거부했기 때문에 배신했다는 식이다.

그런데 이게 말이 되나. 군량이 적어 퇴각을 고민하던 조조인데, 원소보다 잘 대우해 줄 수 있다고?

《후한서》에서는 더욱 자세한 사정이 나온다.

---

80) 장막
81) 하옹
82) 허유
83) 오경
84) 辟김. 고관이 불러서 속관으로 임명하는 것

《후한서》 허유가 원소에게 진언하였다. "조조는 군사가 적은 데다가 모든 군사가 우리와 대치하고 있으니 허도 부근의 방어는 틀림없이 비었거나 허약할 것입니다. 만약 경무장의 병사를 밤새워 행군시켜 엄습한다면 허도를 점령할 수 있고, 조조는 포로가 될 것입니다. 설령 궤멸되지 않더라도 머리와 꼬리에서 쫓긴다면 틀림없이 격파될 것입니다."

그런데도 원소는 받아들이지 않았다. 그때 허유의 집안에서 범법자가 있어 심배가 잡아 가두었다. 허유는 뜻을 펼 수가 없게 되자 도망쳐 조조를 찾아갔다. 허유는 조조에게 순우경 등을 공격하라고 건의했다. 그때 순우경은 원소의 군영에서 40리 떨어진 오소를 지키고 있었다. 조조는 보병과 기병 5천 명을 거느리고 밤에 오소에 가서 순우경 등을 격파하고 모두 죽였다. 〈원소열전〉

원소는 신하들의 충성, 공적 경쟁을 종용하곤 했다. 어쩔 수 없었다. 원소는 저의 가문과는 전혀 관련 없는 하북을 근거지로 삼아야 했다. 친족은 대부분 원술에게로 향했다. 그랬기 때문에, 무에서 유를 창조하듯 자신의 기반을 마련했다.

실제로 원소의 충신은 대체로 외부 인사였다. 하북 출신 인사는 원소의 말을 잘 듣지 않았다. 전풍이나 저수가 그 대표적인 예시다.[85]

역사적으로 부하의 기강을 잡고, 권력을 저에게 집중하는 데는 충성 경쟁만한 것이 없다.

충성 경쟁에는 2가지 길이 있다. 하나는 공을 세우고, 자신을 증명하는 것. 다른 하나, 경쟁자의 공을 깎아내리는 것.

허유는 원소의 오랜 절친이었다는 점을 제외하면, 그렇다 할 공을 세

85) 〈부하직원이 반항할 때〉 참고

운 적이 없다. 하필이면 가족과 함께, 혹은 가족이 저지른 부정부패는 충성 경쟁 상대인 심배에게 발각되었다. 그런 상황이었기에 무리해서라도 계책을 올렸다.

하지만 아무리 원소군이 강성하다고는 해도, 천자가 있는 도읍을 쉽게 칠 수는 없는 법이다. 반동탁 연합은 어떻게 끝났던가. 가만히 있기만 해도 충분히 조조를 꺾을 수 있던 원소가 그런 모험을 택할 필요는 없었다.

그렇지만 충성 경쟁을 조장하고, 공을 세우기 급급하게 만든 장본인은 결국 원소다. 이는 장합과 고람의 투항에서 더욱 확연해진다.

《정사》 공손찬을 격파하는 데 장합의 공이 많았으므로 영국중랑장으로 올렸다. 〈장합전〉

원소는 장합에게 대군을 주어 조조의 본영을 공격하게 했다. 그만큼 장합을 높이 여겼을 뿐 아니라, 신뢰했다는 뜻이다. 이미 공손찬과의 싸움에서 스스로를 증명한 덕분이기는 하다. 하지만 절친 허유가 조조에게 투항했던 시점이다. 어지간히 믿지 않고서는 병사를 주지 않았겠지.

그랬던 장합이 배신했다. 고람도 함께. 결국에는 원소의 탓이다. 어쨌든 부하의 신뢰를 얻지 못했다는 뜻이므로.

이문열은 본인의 저서에서 조조가 무장에게 관대했다고 기술했다.

《이문열 삼국지》 삼국지 전편을 통틀어 조조가 무장을 패전이나 그 밖의 책임을 물어 처형한 예는 거의 없고, 어쩌다 있어도 이름 없는 장수거나 처음부터 탐탁잖게 여겼던 항장의 경우뿐이다.

왜 무장에게 관대했겠어. 군을 이끄는 사람이 적에 투항하면 큰일이니까. 군을 데리고 떠나면 피해는 배가 되거든. 아군이 그만큼 사라질 뿐 아니라, 적군이 그만큼 늘어나는 거다.

조조의 장수들은 패배를 이유로 도망치지 않았다. 돌아가도 벌을 받지 않으리라는 사실을 알고 있었으니까.

반면 원소의 장수들은 달랐겠지. 이미 장수를 이용했다가 죽였거나, 죽이려 했던 전례가 있었으니.

《후한서》 국의가 스스로 공적이 있음을 믿고 교만하게 굴었으므로 원소는 불러들여 죽이고 국의의 무리를 아울렀다. 〈원소열전〉

《후한서》 여포가 그 공을 믿고 다시 원소에게 군사를 보태주도록 청했으나 원소는 허락하지 않았다. 여포의 장사들 다수가 횡포하니 원소가 근심했다. 여포는 불안해져 낙양으로 돌아가기를 원했다. 원소가 이를 들어주고 임의로 승제하여 사예교위를 겸하게 하고는, 장사들을 보내 여포를 전송하며 은밀히 죽이도록 했다. 〈여포열전〉

그러니 장합과 고람은 선택지가 없었던 거다.

허유의 투항이 관도대전에서 변수를 불러오기는 했다. 하지만 오소 습격에 성공했어도, 전쟁에서 성공하리라는 보장은 없다.

순우경은 당시 1만여 명을 지휘하고 있었다고 한다. 물론 적은 수는 아니지. 하지만 원소는 당시 10만 대군을 이끌고 있었으며, 조조는 4만, 혹은 5만 명 남짓했다. 순우경의 1만 군이 다 죽었어도, 충분히 싸워볼 만했다.

실제로 원소 사후에도 원씨 세력은 강성했다. 조조가 그 어린 원상에게 패한 기록이 있을 정도다. 오로지 오소에서의 패배뿐이라면, 원소는 충분히 재기할 수 있었을 테다.

장합이나 고람이 대군을 이끌고 조조에게 항복하지 않았다면.

하지만 장합과 고람은 항복했다. 원소가 준 대군을 이끌고. 원소가 그렇게 만들었다.

그러니 결국에는 원소의 잘못 아닐까. 장수의 신뢰를 얻지 못한 군주가 어떻게 승리하겠어.

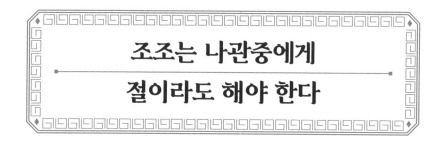

조조는 나관중에게
절이라도 해야 한다

《고우영 삼국지》와 《이문열 삼국지》가 유행하며, 조조에 대한 호감도가 올라가기 시작했다. 개인적으로는 무척이나 반가운데, 나는 자타공인 촉까위빠거든.

하지만 이면에는 나관중의 억울함이 숨어 있다. 보통은 그러더라. 조조는 매우 유능한 영웅이었는데, 나관중에 의해 비열한 악역으로 그려졌다고. 그래서 유교와 성리학을 걷어낸 현대에 이르러서야 재평가가 되었다는 것이다.

이 부분에는 동의하지 못하겠다. 사실 조조는 나관중에게 절이라도 해야 한다.

《연의》가 나오기 전, 《삼국지평화》(이하 "평화")라는 작품이 있었다. 정확히는 만담가의 화본이다. 만담가는 보통 민중의 염원과 바람, 생각과 평판을 그대로 담곤 한다. 그래야 청중의 호응을 얻고, 인기를 끄니까.

《평화》에서 조조는 세상 찌질하고 비열하며 잔혹한 소인배로, 즉 평면적인 악당으로 그려졌다.

그러니까, 조조는 《연의》가 탄생하기 전부터 이미 찌질하고 비열한 소인배로 인식되고 있었다. 글깨나 한다는 선비 입장에서 보자면 조조는 천자를 핍박하고 제위를 찬탈하려 한 역적이었고, 평범한 민중 입장에서 보자면 조조는 서주의 죄 없는 백성과 적은 물론, 아군마저도 태연하게 죽인 학살자였다. 실제로 하지 않은 일이 실제로 한 일에 더해져 더욱 부정적인 인간상으로 남게 되었다.

이랬던 조조를 나관중이 바꿔놓았다. 《연의》의 초반부에서 조조는 거의 주인공 수준이다. 출생의 공공연한 비밀을 지닌 부잣집 도련님이, 타고난 재능과 매력으로 수많은 난관을 거쳐 천자를 수호하고, 원술, 여포 등 쟁쟁했던 중간 보스를 차례로 잡은 후, 당대 최강자나 다름없던 원소를 무너뜨리며 권력을 오롯이 차지하기까지. 《연의》의 초중반은 그야말로 조조의 발자취 그 자체다.

나관중은 이 발자취에 입체성과 당위성을 더했다. 저를 그렇게나 애중히 여기던 동탁을 암살하려던 것부터가 그렇다. 나관중은 여러 사서와 민담집을 차용해 《연의》를 집필했는데, 동탁 암살 시도는 원전이 없는, 나관중의 순전한 창작이었다. 조조라는 인물이 탄생한 이유가 생겼다.

그뿐 아니다. 신으로까지 추앙받게 된, 주인공 중의 주인공 관우와의 관계 또한 그렇다.[86] 나관중은 창작에 창작을 더해, 조조와 관우의 관계를 소설의 한 축으로 설정해 서사를 전개했다.

이런 모습이 다크 히어로가 유행하기 시작한 현대에 이르러 재평가되

---

86) 〈조조와 관우의 관계는 애틋하지 않았다〉 참고

고, 각광받지 않았나 싶다.

《연의》가 없었다면 조조는 어떤 위상을 지녔을까. 어쩌면 지금의 동탁과 비슷하지 않았을까? 최소한 《평화》에서의 조조는 동탁이나 다름없었다.

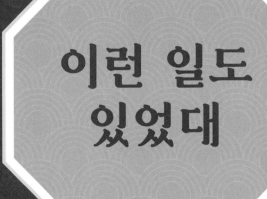

이런 일도
있었대

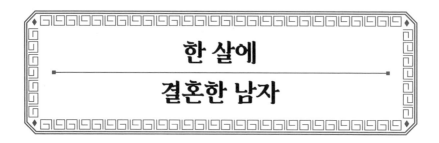

한 살에
결혼한 남자

《전략》 중상시 당형이 자신의 딸을 여남 사람 부공명에게 시집보내려고 했지만, 부공명이 승낙하지 않자 순욱에게 보내려고 했다. 순욱의 아버지 순곤은 당형의 권세를 생각해 순욱에게 당형의 딸을 맞이하게 했다. 그리하여 순욱은 사람들의 비웃음을 샀다.

영천의 순씨는 사대부의 명문가로 널리 알려져 있었다. 바로 그 순자의 직계 자손이었으니, 청류파의 명사가 됨도 당연했다.

[배송지] 환관들이 권력을 농간할 때에는 기세가 사해에 가득 차, 사람들의 생사가 [환관인] 좌관과 당형의 입에서 좌우될 정도였다. 그러므로 당시 세상에는 "좌관은 하늘로 돌아가고, 당형이 홀로 권좌에 앉았다."라는 말이 떠돌았다. 이는 권력이 모두 이 두 사람에게 집중되었음을 의미한다. 그들에게 순종하면

육친이 모두 안전했지만, 거스르면 큰 화가 미쳤기 때문이다. 삶과 죽음이 그들에게 달렸으니 치욕을 감수하고서라도 안전을 도모해야 했던 시절이었다.

하지만 당시 환관의 권세는, 영천 순씨가 무시하기에도 너무 높고 강했다. 특히 당형은 사람들의 생사를 좌우할 정도였단다.

순욱의 아버지 순곤은 당형의 정혼 제안을 거절하지 못하고, 결국 아들 순욱을 당형의 딸과 혼인시킨다.

당형은 164년에 죽었다. 그리고 순욱은 163년생. 혼례는 당형 생전에 치렀다.

그러니까 순욱은 0세, 혹은 1세에 혼인했다는 말이 된다.

누가 결혼과 죽음은 미룰수록 좋다고 했던 것 같기는 한데…. 뭐, 그래도 사랑했겠지.

조조와 원술,
사실은 제법 친했을지도?

원소가 조조의 오랜 친구라는 사실은 이미 널리 알려져 있다.

《정사》 　원소는 용모와 자태가 뛰어나고 용모가 위엄있어, 능히 휘하의 선비들을 절도있게 굴복시키니, 많은 선비들이 그에게 귀부했다. 태조[87]와는 어릴 적부터 교분이 있었다. 〈원소전〉

《정사》 　공[88]이 원소의 묘에 임해 제사를 지내고 곡을 하며 눈물을 흘렸다. 원소의 처를 위로하고 가인들과 보물을 되돌려 보냈으며, 잡다한 비단과 솜을 내리고 관에서 양식을 공급하도록 했다. 〈무제기〉

---

87)　조조
88)　조조

원소는 어릴 적부터 친구였던 조조를 끝없이 후원했으며, 조조의 독립 후에는 배신감을 이기지 못하고 분노를 표출했다. 조조 역시 원소 사후 원소의 무덤에서 눈물을 흘리기까지 했다.

원소와 원술, 조조는 낙양에서 난다 긴다 하는 집안의 자제였다. 조조가 원소와는 친하면서, 비슷한 연배였던 원술과는 어울리지 않았을 이유가 있을까?

숱한 2, 3차 창작에서는 그럴만한 이유가 나온다. 원소는 얼자 출신이기 때문에 마찬가지로 출신의 한계를 지닌 환관의 손자와 친해질 수 있었다거나, 원술은 출신을 따지는 도련님이기 때문에 조조와 가까이하지 않았다거나, 혹은 조조가 원술의 사람됨을 꺼렸다거나 등.

하지만 조조는 전설적인 환관 조등의 손자다. 조등의 권력과 권위는 하늘을 찌르는 수준이었다. 항렬을 거스르던 환제는 오로지 조등 덕에 황제가 되었다. [89]

환관과 우호적인 관계를 유지하던 원씨 가문이다. 원술이 환관의 손자랑 어떻게 친하게 지내냐며 땡깡을 부렸다면, 뺨을 때려서라도 헛소리 말라 했을 거다.

무엇보다, 원술은 당대로서는 보기 드물 정도로 과거나 출신에 구애받지 않았다. 본인부터가 여타의 명문가 자제와는 달리, 유협단을 이끎으로써 정치 커리어를 시작했다.

죄 없는 상관을 죽여 오갈 데 없던 손견을 받아들인 사람이 누구던가.

《정사》 여남과 영천의 황건적 하의, 유벽, 황소, 하만 등은 각각 그 무리가

---

89) 〈조조의 할아버지는 전설이었다〉 참고

수만에 이르렀는데, 처음에 원술에 호응했다가 추후 [원술의 부하인] 손견에 붙었다. 〈무제기〉

심지어 황건적 출신도 아무렇지도 않게 기용했다.

그러니까 조조의 출신은 원술에게 아무런 문제가 되지 않았겠다. 원씨 가문에도, 원술 본인에게도.

물론 비슷한 나이라고 해서 꼭 친해지지는 않는다. 그랬으면 집단 따돌림이 왜 있겠어.

하지만 〈무선변황후전〉의 기록을 보면, 그래도 둘의 사이가 제법 좋지 않았나 추측하게 된다.

《정사》 동탁이 표를 올려 태조를 효기교위로 삼고 함께 대사를 의논하려 했다. 이에 태조는 성과 이름을 바꾸고 샛길을 따라 동쪽으로 돌아갔다.

관을 나와 중모를 지나다가 정장의 의심을 받아 붙잡혀 현으로 보내졌다. 읍인 중에 몰래 태조를 알아보는 이가 있자 청하여 풀려났다. 〈무제기〉

조조가 동탁의 영입 제의를 거절하고 낙양을 탈출했을 때다. 동탁에게 대놓고 반기를 든 원소는 발해태수의 직을 받았는데, 그저 영입 제의를 거부했을 뿐인 조조는 왠지 지명수배자가 되었다. 조조는 이에 가명을 써야 했다.

《정사》 동탁이 난을 일으켰을 때, 태조는 평상복으로 갈아입고 낙양을 떠나 동쪽으로 달아나 난을 피했다.

원술이 태조가 이미 죽었다는 소식을 잘못 전했을 때, 그 당시 태조를 따라 낙양으로 온 첩들은 모두 고향으로 돌아가려 했다.

변후[90])가 저지하며 말했다. "군왕[91])의 생사 여부를 아직 확실히 알지도 못하면서 여러분이 오늘 집으로 달아나 버렸다가 내일 군왕이 여기에 있다면, 우리는 무슨 낯으로 군왕을 바라볼 수 있겠소? 설령 화가 눈앞에 닥치더라도 함께 죽는다면 무슨 두려움이 있겠소!"

모두들 변후의 말을 듣고 따랐다. 태조는 이 말을 듣고서 그녀를 잘 대해주었다. 〈무선변황후전〉

워낙 급하게 탈출했는지 초현에서 데려온 첩도 다 두고 온 상황. 그때 그 첩들을 챙긴 사람이 바로 원술이다.

소식을 전하러 왔으니, 원술은 조조의 집과 가족을 이미 알고 왕래했겠다. 더군다나 조조는 당시 나라 최고의 권력자 동탁의 눈 밖에 난 현상범이었다. 그런데도 굳이 조조의 가족을 챙겨줬다.

《후한서》 젊은 시절 호방하고 의협심이 강하다고 알려져 자주 여러 공자들과 더불어 사냥을 즐겼으나 후에 자못 절개를 꺾었다. 〈원술열전〉

의협심으로 널리 알려져 있던 원술이다. 실제로 의리가 제법 있었을 게다.

다만 훗날 칭제해서 역적이 된 만큼, 조조로서는 젊은 날 친구였다고 해서 친분을 드러낼 수는 없었다. 그러니 둘 사이의 관계를 꽁꽁 숨겼겠지.

---

90) 무선황후 변 씨
91) 조조

어쩌면 《세설신어》에 나오는 신부 납치 에피소드도, 원래는 원소가 아니라 원술이 주인공 아니었을까?

> **《세설》**　위무제[92]는 어릴 때 원소와 협객이 되길 좋아했다. 누군가 새로 혼인하는 것을 보고는 밤에 주인의 뜰 안에 잠입해 "도둑이야!"라고 외쳤다.
>
> 청려 안에서 사람들이 모두 나왔다. 위무제가 들어가 칼을 뽑아 신부를 위협해 원소와 돌아갔다.
>
> 길을 잃어 탱자나무와 가시나무 안에 떨어지니, 원소는 움직일 수가 없었다. 다시 "도둑놈은 여기 있다!"고 크게 외치자, 원소가 허둥거리며 스스로 뛰어나와 위기를 모면했다.

원소는 스스로를 극도로 절제한 청류파의 우두머리였다. 원소보다는 실제로도 유협단을 이끌었던 원술과 더 어울리는 일화로 보이지 않나.

물론 《세설신어》 자체는 일화와 어록 등을 모아둔 책으로, 반드시 신뢰도가 높지는 않다.

---

92) 조조

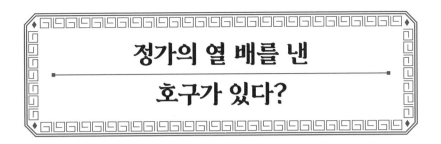

정가의 열 배를 낸
호구가 있다?

《후한서》　　조숭은 영제 때 중관에게 뇌물을 주며 서원에 보낸 전이 1억만에
이르렀기에 관위가 태위에 이르렀다. 〈조등열전〉

태위는 사도와 태위, 사공으로 이루어진 삼공 중의 하나였다. 조등의
양아들 조숭은 1억 전을 내고 삼공의 하나인 태위직을 사들였다. 그것
도 정가의 열 배인 1억 전을 주고서.

원씨 가문을 사세오공이자 사세삼공이라 부른다. 4대에 걸쳐 다섯 명
의 삼공을 배출했으며, 4대 연속으로 삼공을 배출했다는 뜻이다. 그 기
준이 삼공인 데서 알 수 있듯이, 삼공은 명문가와 비(非)명문가를 가르는
척도가 된다. 제아무리 명예직이라 한들 이 사실만은 달라지지 않았다.

조씨 집안은 대체로 초현에 거주하고 있었다. 중앙에서 관직에 나설
만한 인물이 없다시피 했다. 조숭은 그런 조씨 집안을, 환관의 집안에서

명문가로 바꾸어야 했다.

조숭에게 엄청난 재능이 있었다는 기록은 찾기 어렵다. 하지만 흘러넘치는 무언가는 있었으니, 양아버지 조등으로부터 물려받은 돈이다.

조숭은 그 돈으로 벼슬을 샀다.

영제는 보통사람이 아니었다. 궁 안에서 모의 시장을 열어 상인 놀이를 했을 정도로 장사에 진심이다. 매관매직할 때도 마찬가지라, 새로 벼슬을 맡은 사람은 황제와 값을 흥정해야만 했다.[93]

이 흥정 과정에서 영제는 열 배를 불렀다. 조숭은 이 가격을 수락했다.

흥정은 정가보다 싸게 사기 위해 하는 일이다. 정가의 열 배를 내는 것이 흥정일 수는 없다. 그렇다면 조숭은 대체 왜 이런 짓을 했을까?

로마의 율리우스 카이사르는 젊은 시절, 해적에게 잡혔을 때의 일이다. 해적 두목이 카이사르에게 몸값 20달란트를 요구하자, 카이사르는 화를 냈단다. 자신의 고귀한 몸값이 어떻게 그것밖에 안 되냐면서. 그러고는 스스로의 몸값을 50달란트로 올렸다.

해적은 이 거물을 후대할 수밖에 없었다. 당시에는 몸값을 가져오는 사이에도 인질을 죽이는 일이 흔했다. 카이사르는 목숨을 부지했을 뿐 아니라, 잡혀 있는 내내 떵떵거리면서 살았다. 자작시를 낭송하는데 잠들어 버린 해적을 야만인이라 불렀댔나?

조숭도 비슷한 일을 했다. 열 배나 낸 자신을 홀대하며 관직을 바꾸게 하면, 다른 사람들이 앞으로 돈을 더 낼 리가 있어?

더군다나 영제는 관직을 바꿀 때도 돈을 내게 했다. 벼슬을 자주 바꿀수록 유리하다는 것이다. 미리 열 배나 내는 돈을 내면, 영제도 쉽게 벼

---

93) 〈십상시는 억울해〉 참고

슬을 갈 수가 없다.

조숭 나름으로는 머리를 쓴 셈이다. 물론 결과론적으로는 잘못했지. 차라리 그 돈으로 징병권이 있는 태수나 주목이 되었다면, 조조도 반동탁 연합 시절 쉽게 거병할 수 있었을 테니.

하지만 당시로서는 동탁의 대두를 예측할 수 없었다. 그러니 조조도 조숭을 원망하지는 않았겠지?

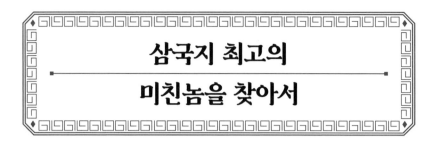

삼국지 최고의
미친놈을 찾아서

후한 말 정도의 난세는 전 세계 역사를 통틀어도 찾기 어렵다. 그리고 그런 난세에서 두각을 드러내려면, 아무래도 평범의 범주는 벗어나야 유리했겠지.

주령은 그중에서도 돋보였다.

주령이 원소의 장수로서 공손찬을 공격했을 때다. 공손찬은 주령의 어머니와 동생을 인질로 삼았다. 그러자 주령은 원소를 배신하는 대신 어머니와 동생을 죽게 됐다.

《구주춘추》 당초 청하 사람인 계옹이 유현을 들어 원소를 배신하고 공손찬에게 투항했다. 공손찬이 군사를 보내 이를 포위했다. 원소는 주령을 보내 공격하게 했다.

주령의 집은 성안에 있었는데, 공손찬이 주령의 모친과 동생을 성 위에 두고 주령을 달랬다.

주령이 성을 바라보고 눈물을 흘리며 말했다. "장부가 한번 출사하여 남에게 몸을 맡겼는데, 어찌 다시 집안일을 돌아보겠는가!" 이에 힘을 다해 싸워 성을 함락하고 계옹을 사로잡았으나 주령의 가족은 모두 죽었다.

여기까지는 그래도 나름 흔한 삼국지 스토리다. 난세에 가족 대신 주군을 택한 장수가 한둘이었냐. 그런데 여기서 끝이 아니다.

원소와 조조의 사이가 제법 좋았을 무렵, 주령은 원소의 원군으로서 조조 진영에 합류했다. 그 후 원소가 돌아오라 명하자, "조조야말로 현명한 군주라, 이런 주군을 두고 돌아갈 수 없다."며 복귀를 거부했다.

《정사》 태조[94]가 도겸을 정벌할 때 원소가 주령을 보내 삼영을 이끌고 태조를 돕도록 하여 싸움에 공을 세웠다.

원소가 파견했던 제장들에게 귀환을 명하자 주령이 말했다. "나 주령이 많은 사람을 만나보았으나 조공[95]만 한 분이 없었다. 이분이야말로 진실로 명군이다. 이제 이분을 만났는데 어찌 다시 돌아가겠는가?"

그리고는 [태조의 진영에] 머물며 돌아가지 않았다. 주령이 이끌던 사졸들도 주령을 흠모하여 모두 따라 남았다. 〈서황전〉

문제는 이 일이, 바로 그 서주 정벌 당시였다는 거다. 말이 서주 정벌이지, 서주대학살이라 불리던 그 시기 맞다. 《정사》에서조차 조조가 백

---

94) 조조
95) 조조

성을 "잔륙"했다고 했을 정도니, 얼마나 잔인한 학살이었는지 짐작이
가나.

《정사》 당초 태조의 부친 조숭은 관직을 떠나 초로 돌아갔었는데, 동탁이
난을 일으키자 낭야로 피난했다가 도겸에게 해를 입었다. 태조는 원수를 갚기
위해 동쪽을 정벌했다.
여름, 순욱과 정욱에게 견성을 지키게 하고 다시 도겸을 정벌하여 다섯 성을
함락시키니 공략한 땅이 동해에까지 이르렀다. 돌아오는 길에 담을 지나는데
도겸의 장수 조표가 유비와 함께 담 동쪽에서 태조를 요격했다. 태조가 이를
격파하고 마침내 양분을 공격해 함락시키고 지나는 길에 잔륙한 곳이 많았다.
〈무제기〉

주령은 이 서주 정벌에 원군으로 참여했다. 그런데 그 꼴을 보고 "진
실로 밝은 군주"라며 조조에게 푹 빠졌다는 거다. 당대 최강자였던 원소
마저 마다하고. 심지어 자신의 어머니와 동생을 죽게 내버려둘 정도로
따랐던 원소인데.
조조는 이 주령을 도무지 믿지 못했나 보다.

《정사》 태조가 주령을 항상 증오해 군영을 뺏고자 했다. 우금이 위중했으므
로 우금에게 수십 기를 이끌고 명령서를 갖고 가게 했다. 우금이 곧장 주령의
군영에 도착해 그 군을 빼앗았으나 주령과 부중들은 감히 저항하지 못했다.
그리고 주령을 우금의 부하독으로 삼게 했으나 무리들이 모두 두려워 복종했
으니, 사람들이 우금을 두려워하는 것이 이와 같았다. 〈서황전〉

주령의 병사를 뺏어다 우금에게 줬을 뿐 아니라, 주령 본인은 우금의 부장으로 격하했다.

사실 나라도 못 믿지 않았을까 싶다. 자신의 가족을 희생하면서까지 원소를 섬겼던 사람이, '그 꼴'을 보고도 자신을 따른다? 원소의 밀정이라 생각하지 않았을까. 밀정이 아니라면 더욱 이상하다. 오죽하면 주령 '사이코패스'설이 돌겠냐고.

사실이 무엇이든, 주령은 어떤 불만도 표출하지 않았다. 대신 우금과 서황, 하후연 등을 따라 부장급으로 수많은 전투에 참전, 서황에 비견될 정도의 공을 세운다.

《위서》 문제[96]가 즉위하자 주령을 유후에 봉하고 식읍을 늘려주며 다음과 같은 조령을 내렸다. "장군은 선제[97]를 도와 정권을 세우고, 여러 해 동안 군을 통수했으니, 그 위엄은 방숙, 소호를 뛰어넘고 그 공은 강후, 관영보다 뛰어나도다. 옛 문적과 도서들의 아름다운 일을 헤아려 보더라도 어찌 장군보다 더하겠는가? 짐이 천명을 받고 황제로서 해내를 다스리니, 원공지장과 사직지신들은 모두 짐과 더불어 복과 경사를 함께하여 무궁토록 전할 것이다. 이제 장군을 유후로 봉하려 하니, 부귀해진 뒤 고향으로 돌아가지 않는 것은 비단옷을 입고 밤길을 걷는 것과 같다 하지 않던가. 혹시 평소 바라던 바가 따로 있다면 어려워 말고 말해보라."

주령이 사례하며 말했다, "고당[98]이 제가 오랫동안 원했던 곳입니다."

---

96) 조비
97) 조조
98) 청주 평원군 고당현

이에 고당후로 바꿔 봉했다. 죽은 후 시호를 내려 위후라 했다.

결국 조비 대에 이르러서는 공헌을 인정받아 원하는 땅을 받았으니,
어쨌든 해피엔딩?

◆

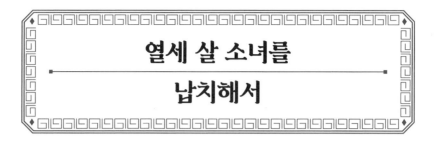

열세 살 소녀를
납치해서

《위략》　당초 건안 5년, 하후패의 사촌 여동생이 13, 14살일 때 고향 집에 있었는데, 땔나무를 주우러 나왔다 장비에게 사로잡혔다. 장비는 그녀가 양가의 딸임을 알아채고 아내로 삼아 딸을 낳았으니 그 딸은 훗날 유선의 황후가 되었다.

건안 5년은 서기 200년이다. 서기 200년에 13, 14살이었다면 아마 187년생쯤이었겠지. 165년생으로 추정되는 장비와는 22살 차이다.

그러니까 장비는 35살에 22살 어린 13살 소녀, 그것도 하후연의 조카를 납치해 자신의 처로 삼았다는 것이다.

물론 지금으로 봐야 소녀지, 당시로서는 혼인 적령기의 여성이었다. 하물며 사내도 열다섯이면 충분히 관례를 치러 성인으로 인정받곤 했으니까.

문제는 납치 부분이다. 아무리 난세라 한들, 도의적으로 옳은 일이 아니다.

그런데 언뜻 생각해 봐도 말이 안 되지 않아? 200년에는 의대조 사건과 관도대전이 일어났다. 즉, 조조는 이미 협천자에 성공했으며, 하후연은 조조를 따라 허도에 있었거나 종군했거나, 둘 중 하나의 상황이다. 그 와중에 하후연의 조카인 하후 씨만 고향 집에 남았다가 땔감을 주우러 갈 리 없다.

> 《정사》 태조[99]는 원소와 더불어 관도에서 오랫동안 대치했는데, 원소가 유비를 보내 은강 등 여러 현을 돌며 호응하게 했다. 허현 남쪽에서 관원과 백성들이 불안정하자 태조가 이를 근심했다. 〈조인전〉

정 말이 되려면 하후 씨가 허도 근처로 땔감을 주우러 나왔다가 마침 유비를 따라 허도 남쪽을 공략하던 장비에게 납치당했다…가 될 텐데, 역시나 이해가 가지 않는다. 한참 전투 중인 곳에 그만한 집안의 아가씨가 뭐하러 땔감을 주우러 가겠어. 고향 집인 초현에 있었다면 더더욱 말이 안 되지. 초현에서 거기까지 200km가 넘는데.

출처인 《위략》부터가 위나라 중심의 사서로, 촉이나 오의 역사에 대해서는 신빙성이 높지 않은 편이다. 납치혼 역시 반드시 믿을만한 것은 못된다. 하지만 두 사람의 혼인 자체는 사실이었으니, 아마 정략혼이었겠지.

198년 9월, 유비는 여포에게 패배해 단신으로 도망쳤다. 그리고 나서 9월, 조조 휘하로 들어간다. 관우와 장비 등도 그 후에 유비에게 합류한다.

199년 6월, 유비는 원술을 공격하기 위해 서주로 출발한다.

---

99) 조조

아마 장비와 하후 씨의 혼인은 198년 9월에서 199년 6월, 9개월 사이의 일이었겠다. 조조는 당시 유비를 좌장군으로 삼으며 우대했을 뿐 아니라, 유비의 휘하인 미축과 미방 등에게도 관직을 내리던 때였다.

《정사》　후에 조공[100]이 표를 올려 미축에게 영군태수를 맡게 하고, 미축의 아우 미방을 팽성상으로 삼았으나 모두 관직을 버리고 선주를 따라 방랑했다. 〈미축전〉

장비 역시 포섭의 대상 중 하나였다.

《정사》　선주[101]가 조공을 수행해 여포를 격파하고 함께 허도로 돌아온 뒤, 조공은 장비를 중랑장으로 임명했다. 선주는 조공을 배반하고 원소, 유표에게 의지했다. 〈장비전〉

황건의 난 당시, 실질적으로 군을 이끌던 노식과 황보숭, 주준이 중랑장이었다. 그러니까 낮은 벼슬은 아니었다.

장비와 하후 씨의 혼인도 이때 추진하지 않았을까. 사실 장비나 하후연은 제법 일찍, 그러니까 황건적의 난 후, 영제 말기에 이미 만났던 사이다.

《영웅기》　영제 말년, 유비는 일찍이 수도에 있다가, 다시 조공과 함께 패국으로 돌아와 무리를 합쳤다. 때마침 영제가 죽어 천하에 대란이 일어나니, 유비 또한 군을 일으켜 동탁을 토벌하는 데 종군했다.

100)　조조
101)　유비

게다가 조조는 유비를 진심으로 자신의 사람이라 여겼다. 하후연 입장에서 장비는 제법 오래 알고 지낸, 주군이 총애하는 신하다. 예뻐하던 조카딸을 시집보내도 이상하지 않았겠지.

《위략》 연주, 예주에 대란이 일었을 때, 하후연은 기근 때문에 어린 아들을 버렸으나 죽은 아우의 딸은 살렸다.

《위략》에 따르면 하후연은 기근이 있었을 때 아들 대신 조카딸을 살렸다고 한다. 물론 이 죽은 아우의 딸이 하후 씨인지 아닌지는 모른다. 하지만 그만큼 조카를 아끼기는 했겠지.

《위략》 이 때문에 하후연이 죽었을 때 장비의 처는 청하여 하후연을 매장했다.

훗날 장비의 처가 하후연을 매장했다는 이야기를 보면, 어쨌든 하후 씨와 하후연의 사이는 제법 두텁지 않았을까 싶다. 뭐가 됐든 무척이나 좋은 백부 정도는 되었겠지.

물론 조조로서도 장비를 얻기 위해 제법 가까운 인척을 보낸 셈이 된다. 하후연은 조조의 동서였으니까.

하지만 유비는 조조의 품에서 벗어났고, 장비 역시 아내만 데리고 유비를 따라간다. 이렇게 여자만 뺏긴 상황을 변명하기 위해 나온 이야기가 바로 납치설 아닐까.

유비는 몇 번이나
가족을 버렸을까

《연의》 각설, 장비가 검을 뽑아 자살하려 하자 현덕[102]이 앞으로 나와서 껴안고, 검을 빼앗아 땅에 던지며 말하기를, "옛사람이 말하기를, '형제는 손발과 같고 처자식은 옷과 같아서, 옷이야 찢어지면 다시 기우면 되지만, 손발이 잘리면 어찌 다시 붙이겠는가?' 하였다. 우리 세 사람이 복숭아밭에서 의형제를 맺을 때 같이 태어나지는 못했을망정 같이 죽기를 원하였다. 지금 비록 성지와 가족을 잃었지만, 어찌 차마 형제를 중도에 죽게 하겠느냐? 하물며 그 성지는 본디 내 것이 아니고, 식구가 비록 잡혔지만, 여포는 분명히 죽이지 않을 것이니 아직 꾀를 내어서 구할 수 있다. 아우가 잠시 잘못했다만, 어찌 이렇게 황급히 죽으려 한단 말이냐!" 하고, 말을 마치자 크게 통곡했다. 관우와 장비가 모두 감격해서 울었다.

---

102) 유비

《연의》　원래 아두는 마침 잠이 들어 아직 깨어나지 않았다. 조운이 기뻐서 말하기를, "다행히도 공자께서 무사하십니다!" 하고, 두 손으로 아두를 현덕에게 넘겨주었다. 현덕이 받더니 아두를 땅에 내던지며 말하기를, "이깟 어린아이 때문에 내 대장 한 사람을 잃을뻔했구나!" 했다.

《연의》에서의 유비는 비정한 가장이자 아버지다. 대놓고 "형제는 손발과 같지만 처자는 의복과 같다."고 말했을 정도다. 아내가 목숨을 내놓고 살려낸 자신의 아들을 내팽개치기도 했다.

　물론 2개의 일화는 나관중의 각색이다. 애초에 《정사》에서는 셋이 의형제를 맺었다는 기록이 없다. [103] 장판파에서 조운이 유선을 구출하기는 했지만, 유비가 유선을 내던졌다는 기록 역시 없다. 미부인 역시 죽지 않았고.

　하지만 《연의》의 요소를 빼더라도, 유비는 여전히 나쁜 아버지다. 적군에 의해 유비의 처자가 사로잡혔다는 기록만 무려 네 번이다. 두 번은 여포에게, 다른 두 번은 조조에게다.

《정사》　여포가 선주[104]의 처자를 사로잡자 선주는 군을 돌려 해서에 주둔했다. 〈선주전〉

《영웅기》　9월, 마침내 패성을 격파하자 유비는 홀몸으로 달아났고, [고순은] 그의 처자식을 사로잡았다.

---

103) 〈도원결의는 없었다〉 참고
104) 유비

《정사》　조공[105]은 그 군사들을 모두 거두고 선주의 처자를 붙잡고, 아울러 관우를 사로잡아 돌아왔다. 〈선주전〉

《정사》　선주가 이미 지나갔다는 것을 들은 조공은 정예기병 5천을 이끌고 추격했다. 하루 밤낮에 3백여 리를 달려 당양의 장판에 이르렀다. 선주는 처자를 버린 채 제갈량, 장비, 조운 등 수십 기를 이끌고 달아났고, 조공은 그의 무리들과 치중을 크게 노획했다. 〈선주전〉

이 정도면 사실상 패할 때마다 처자식을 잃어버린 셈이 된다. 심지어 "홀몸으로 달아났다." 혹은 "처자를 버리고 달아났다."고 적혀 있으니, 챙기려는 의지조차 없었을지도 모른다.

---

105) 조조

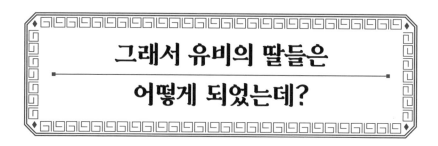

그래서 유비의 딸들은 어떻게 되었는데?

유비는 제법 늦게까지 아들을 보지 못했다. 이리저리 싸우러 다니고, 또 도망 다니고 하느라 바쁘긴 했겠지. 게다가 일이 생길 때마다 가솔을 버리고 홀로 달아났으니.

> **《정사》** 유봉은 본래 나후에 있는 구 씨의 아들이며, 장사의 유 씨의 조카이다. 유비가 형주에 도착했을 때 아직 후사를 계승할 아들이 없었으므로 유봉을 양자로 삼았다. 〈유봉전〉

모계 친척 유봉을 양자로 삼았을 때, 유비는 유표 휘하에 있었다. 그렇다면 최소 39세인데, 열대여섯에는 머리를 틀고 성인이 되던 시대상을 고려하면 상당히 늦은 나이다. 그 후 46세가 되어서야 훗날 후계자로 삼는 유선을 얻게 된다.

하지만 아들만 없었을 뿐, 딸은 있었다.

《정사》　형주 정벌에 종군해 장판에서 유비를 추격하여 그의 두 딸과 치중을 노획하고 흩어진 병졸들을 거두어들였다. 진군해 강릉을 항복시키고 태조[106]를 따라 초로 돌아왔다. 〈조인전〉

　그 유명한 장판파 전투 때, 조인의 아우 조순이 유비의 두 딸을 빼앗았다는 기록이 있다.
　그 후의 기록은 없다. 유비의 자녀니 말로가 좋았을 듯싶지는 않다. 그나마 운이 좋다면 원술의 딸이 손권의 첩이 되었듯, 유비의 딸들도 조순의 첩이 되었을 텐데, 운이 나쁘면….
　난세는 남성에게도 여성에게도 고통스러운 법이다.

---

106) 조조

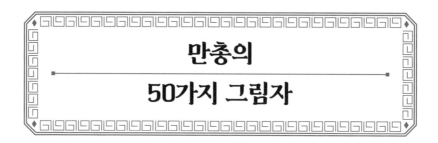

만총의
50가지 그림자

전근대적 심문법에 고문은 떼려야 뗄 수 없는 관계다. 너무나 당연히 쓰이는 방법이었다. 그리고 그렇게 당연한 이야기는 열전에 잘 적히지 않는다. 누가 밥을 먹었다, 잠을 잤다 따위의 내용이 사서에 왜 들어가겠어?

그러니 만총의 고문은, 그 시대상을 감안해도 제법 강도가 높았나 보다. 기전에 몇 번이나 관련 이야기가 나온다.

《정사》 만총은 고평현의 현령을 대행했다. 고평현 사람 장포가 군의 독우가 되자 탐욕스럽게 직책을 더럽히고 뇌물을 받아 행정을 어지럽혔다. 만총은 관사에 있을 때를 이용해 관리와 병졸들을 인솔하여 그를 붙잡아 범한 죄를 문책했다. 그날 중에 조사를 끝내자 그대로 관직을 버리고 고향으로 돌아갔다. 〈만총전〉

물론 가장 유명한 일화는 역시 양표의 고문이다.

《정사》　태위를 역임한 바 있던 양표가 체포되어 현의 옥으로 보내졌다. 상서령 순욱, 소부 공융 등은 모두 만총에게 부탁했다.

"단지 죄상에 대해 설명을 듣는 것에 그치고 형벌을 가하지는 마시오."

만총은 한마디 대꾸도 하지 않고 법에 따라 심문했다. 며칠이 지나, 만총은 태조[107]에게 만나기를 요청해 다음과 같이 말했다.

"양표를 심문했지만 다른 말은 없었습니다. 사형에 처해야만 되는 자는 먼저 죄를 명백히 밝혀야만 하는데, 이 사람은 해내에 명성이 있으므로 만일 죄가 명확하지 않으면 명공[108]은 반드시 백성들의 신망을 크게 잃게 될 것입니다. 저는 사사로이 명공 때문에 애석해하고 있습니다."

태조는 그날 중에 양표를 사면하여 석방했다. 처음에 순욱과 공융은 만총이 양표를 엄하게 심문한다는 소식을 듣고 모두 매우 화를 냈었지만, 이러한 결과를 얻게 되자 오히려 만총에게 감사했다. 〈만총전〉

만총이 허도의 현령이 되었을 때, 태위 양표가 인척 원술과의 내통 혐의로 기소된 적이 있었다. 양표는 알아주는 명문가 출신이었기에, 순욱과 공융은 만총에게 심문을 하지 말라 부탁했다. 만총의 고문이 얼마나 유명했으면 그랬을까.

만총은 대명문가 양표 못지않은 명문가의 사대부, 순욱과 공융의 말 정도는 무시하고 진심으로 고문에 임했다. 순욱과 공융이 화를 냈을 정도다.

---

107) 조조
108) 조조

야무지게 심문한 후 양표가 자백하지 않자 "양표를 심문했는데 자백하지는 않았습니다. 죄가 명확하지 않아 굳이 사형에 처하면 주군께 누가 될까 걱정됩니다."라 보고했다. 조조도 여기에는 할 말이 없었는지 양표를 바로 그날 사면해 준다.

물론 배송지는 만총의 고문이 가혹했다며 비판하긴 했다.

[배송지] 신 송지가 보건대 양공은 덕을 쌓은 집안이고 몸은 명신인데 설사 잘못이 있다 하더라도 오히려 마땅히 보우해야 하거늘 하물며 지나친 형벌을 남발하고 매를 때리는 것이 가하겠는가? 만약 도리상 응당 고문을 해야 했다면 순욱과 공융, 두 명의 현자가 어찌 망령되게 서로 청탁할 수 있었겠는가? 만총은 이렇게 하는 것을 유능하다고 여겼으니 가혹한 관리가 마음을 쓰는 방식이다. 비록 이후의 선이 있다 한들 어찌 앞의 포학을 풀 수 있겠는가?

하지만 대충 심문했다면 조조가 넘어갔을까. 만총이 성의 있게 심문했기에 조조도 넘어간 거다.

사실 고문이나 심문이라는 단어만 나오면 꼭 만총이 따라붙어서 귀엽다. 중국 드라마 '대군사 사마의'에서 괜히 만총의 고문을 언급했겠어?

근데 이 남자, 고문만 잘한 것이 아니다. 일도 잘했다. 무려 적의 열렬한 지지 세력이 있는 곳으로 들어가, 단 500명으로 20개의 성벽을 공략, 병사 2천 명과 2만 명의 백성을 얻은 적도 있는 사람이다.

《정사》 당시 원소는 하삭 일대에서 매우 강대하였다. 여남은 원소의 본적이 있는 군으로, 문생이나 빈객이 각 현에서 병사를 끼고 저항하고 있었다. 태조는 이 점을 걱정하여 만총을 여남태수로 임명했다. 만총은 자신에게 복종하는

자 5백 명을 인솔해 20여 벽을 공략시켰다. 또한 아직 투항하지 않는 우두머리를 유인해 앉은 자리에서 10여 명을 죽이자 단번에 모두 평정되었다. 인구 2만 호와 병사 2천 명을 얻자, 밭으로 나가 경작하도록 명령했다. 〈만총전〉

일만 잘하냐. 깡도 좋았다. 조홍의 빈객을 잡아들였을 때가 특히 그랬다.

바로 그 조조의 육촌 동생, 조홍. 조조가 처음 거병했을 때부터 조조를 따랐던 측근 중의 측근이다. 형양에서는 조조의 목숨을 살려주기까지 했다.

조홍의 빈객들은 조홍의 뒷배를 믿고, 수도에서 법을 자주 어겼다. 수도의 현령이었던 만총은 당연한 듯이 이 범법자들을 잡아들였다.

빈객이 무엇이냐. 막료나 참모 같은 존재다. 실력자에게 의식주를 의탁하고, 그 대신 여러 방면에서 능력을 발휘, 실력자를 돕는. 고대 로마의 파트로네스-클리엔테스 관계와 비슷하겠다.

잘난 사람일수록 수많은 빈객을 거느렸다.

전국시대 맹상군이 진나라에 잡혀 죽을 위기에 처했을 때다. 살아남기 위해서는 진의 실력자에게 희귀한 백색 여우를 바쳐야 했는데, 도둑질에 일가견이 있던 어느 빈객이 여우 가죽을 훔쳐냈다.

덕분에 탈출한 맹상군. 하지만 이번에는 진의 국경을 넘어야 했다. 시간은 아직 밤중. 날이 밝아야 문이 열린다. 그때 맹상군의 또 다른 빈객은 닭 울음소리를 잘 냈단다. 자신의 재주를 뽐내자 닭들이 일제히 울기 시작했고, 덕분에 날이 밝은 줄 알았던 수문장이 문을 열어 맹상군은 무사히 사지에서 벗어날 수 있었다.

이 빈객 문화는 후한 말에도 이어져, 역사의 방향을 틀었다. 손책이 허공을 죽이자, 허공의 빈객들이 손책을 습격해 중상을 입힌 것. 손책은 회복하지 못한 채 죽고 만다.

이렇게 빈객들은 가주에게 충성과 재능을 고루 바쳐야 했다. 반대로 가주는 빈객을 보호할 의무가 있었다. 그러니 조홍도 가만히 있을 수 없었다. 만총에게 빈객을 풀어달라 요청한다.

《정사》 조홍은 종친으로서 친애 받는 높은 신분이었기 때문에 빈객들 중 현의 경계 안에서 자주 법을 범하는 자가 있었다. 만총은 그들을 붙잡아 죄를 다스렸다.
조홍이 만총에게 편지를 보내 사정을 말했지만, 만총은 응대하지 않았다. 〈만총전〉

만총은 조홍의 부탁을 무시했다. 유교 국가에서 공자와 순자의 후손도 무시할 수 있는 사람이, 조홍쯤 못 무시할까.

《정사》 조홍은 태조에게 말했고, 태조는 허현의 책임자를 불렀다. 만총은 태조가 죄를 범한 자들을 용서하려고 할 것임을 알고, 재빨리 그들을 죽였다. 태조는 기뻐하며 말했다. "정사를 관리하는 사람은 마땅히 이와 같아야 하지 않겠는가?" 〈만총전〉

조홍은 육촌 형을 찾았다. 조조는 곤란했다. 일등공신 조홍을 무시할 수는 없다. 그렇다고 범법 행위에 눈을 감을 수도 없다. 만총을 부르면서도 고민이 많았겠지.

만총은 대신 이 문제를 해결했다. 해결해 버렸다. 조조를 만나기도 전 조홍의 빈객을 죽였다. 이미 죽였으니 조조로서는 마음이 편했다. 그래서 만총을 칭찬했다. 요새로 보자면 깡도 있고, 센스도 있었던 거지.

이만큼 용감한 문무겸비 능력자가, 외모도 뛰어났다.

[배송지]　만총, 만위, 만장무, 만분 모두 키가 8척이었다.

《진제공찬》　만분의 풍채가 크고 고상함이 있으니, 곧 만총의 모습이 있다고 했다.

후한 말 기준, 1척은 23.7cm였다. 8척이면 무려 189.6cm다. 지금 기준으로도 장신이다. 거기에 "고상함이 있다."는 표현으로 미루어 보자면, 얼굴도 잘생겼겠지.

정말, 만총의 50가지 그림자 안 찍고 뭐 하냐고.

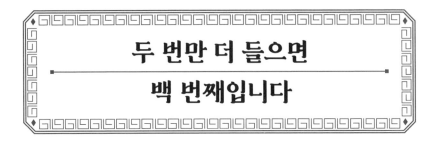

두 번만 더 들으면
백 번째입니다

사서와 야사 모음집에는 수많은 일화가 있다. 공적인 일화도 많지만, 사적인 일화도 많지. 나는 가끔 그 일화가 적히게 된 경위를 떠올려 본다. 누가 이 일화를 말해주었을까. 누구에게? 어떤 식으로?

반동탁 연합 당시의 일이다. 서영의 매복에 당해 쫓기던 조조는, 낙마한 후 말을 잃어 죽을 고비에 처했다.

그 조조에게 망설임 없이 자신의 말을 바친 사람이 조조의 육촌 동생 조홍이었다. 그러면서 멋들어진 대사를 남긴다.

"천하에 이 조홍은 없어도 되지만, 형님이 없어서는 안 됩니다."

《정사》　태조[109]가 의병을 일으켜 동탁을 토벌할 때, 형양에 이르러 동탁의

---

109) 조조

장수인 서영에게 패했다. 태조는 말을 잃어버렸고, 적이 추격해 매우 급박해지자 조홍은 말에서 내리며 자신의 말을 태조에게 주었다.

태조가 사양하자 조홍이 말했다, "천하에 저 조홍은 없어도 되지만 군[110]이 없어서는 안 됩니다."

마침내 걸어서 수행하여 변수에 이르렀으나, 물이 깊어 건널 수가 없었다. 조홍은 물가를 뒤져 배를 구해 태조와 함께 물을 건너 초로 돌아왔다. 〈조홍전〉

《정사》에 나와 《연의》에도 쓰인 유명한 일화다.

그로부터 약 150년 후, 왕가라는 사람이 신선술과 방중술, 전설 등을 모아 기이한 괴담서를 냈는데, 이런 내용이 있다. 막대한 재산과 준마를 가지고 있던 조홍, 반동탁 연합군 당시 말을 잃어버린 조조에게 저의 준마 백학을 바쳤다. 그 말을 달리자 마치 하늘을 나는 것 같았고 다 달리고 나자 조조는 땀으로 범벅이었는데 말은 멀쩡해 "허공을 나는 것이 조씨의 백학과 같다."는 속담이 생겼고….

여기서 추측할 수 있는 사실. 조홍은 지가 소싯적에 조조를 살렸다는 이야기를 적어도 3천 번은 말했을 것이다.

대체 얼마나 썰을 풀었으면 150년 후 괴담서에까지 비슷한 내용으로 박제되었을까. 어쩌면 술만 마시면, 회식 비슷한 모임 자리만 나가면 했을지도 모르지.

"내가 소싯적에 말이야, 우리 주군께서 위험에 처한 적이 있었는데…."

좌절감의 사나이, 은근히 귀여운 데가 있다니까?

110) 조조

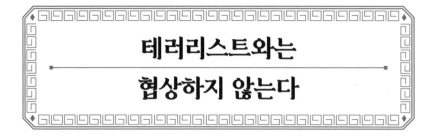

테러리스트와는
협상하지 않는다

《정사》　[여포기] 장수를 보내 거짓으로 항복하고는 하후돈을 사로잡아 보화를 요구하니 하후돈의 군중은 두려움에 떨었다.

이에 하후돈의 장수 한호가 군사들을 지휘해 군리와 제장들을 불렀다. 모두 각자 담당하고 있는 부를 단속해 함부로 움직이지 못하게 하자 여러 군영이 안정되었다.

하후돈이 있는 곳으로 나아가 인질범을 질책하여 말했다. "너희들이 흉역하게 감히 대장군을 사로잡아 겁박하고도 살기를 바라는가! 내가 도적을 토벌하라는 명을 받았는데 어찌 장군 한 명 때문에 너희들을 용서하리."

그리고는 눈물을 흘리며 하후돈에게 말했다. "응당 국법이 이러하니 어찌하겠습니까!"

병사들을 재촉해 하후돈을 인질범을 공격하게 하자, 인질범이 두려움에 머리를 조아리며 말했다. "저희들은 다만 필요한 돈과 물건을 얻어 떠나려 했을 뿐

입니다." 한호가 여러 차례 책망하며 모두 참수했다. 〈하후돈전〉

여포군이 하후돈을 납치해 보물을 요구했을 때다. 다들 당황하고 있는데, 하후돈의 부하 한호만이 침착하게 군내를 진정시켰다. 그리고 나서는 납치범에게 화를 냈단다. "장군이 죽는 한이 있어도, 폭도와는 협상하지 않는다."

상사가 인질로 잡힌 상황에서 용감하기도 하지. 그뿐 아니다. 그러고 나서는 눈물을 흘리며 "국법이 이런데 어떻게 하겠냐."고 했단다. 납치범의 요구를 들어주는 대신 인질이 어떻게 되든 공격하는 제도가 있었거든. 실제로 잘 이뤄지지는 않았지만.

결과적으로 한호는 성공적으로 하후돈을 구출했고, 납치범을 참수했다.

그렇지만 대단하지 않냐. 상사에게 "네가 죽어도 어쩔 수 없지."라 선언했다는 거.

심지어 이 한호를 발탁한 사람이 바로 하후돈이다.

《위서》　하후돈이 한호의 명성을 듣고 청하여 만났다가, 그를 높게 평가하여 병력을 지휘해 정벌에 수행케 했다.

정말 대단한 깡이다.

공자의 후손 왈, "자식?
그거 그냥 욕정의 결과 아님?"

《후한서》 조조는 이미 [공융을] 싫어하는 마음이 쌓였던 데다 치려가 다시 그에게 죄를 씌워 얽어매니, 마침내 승상군모좌주 노수로 하여금 공융을 모함하고 상주하기를 "(…) 전에는 평민이었던 예형과 더불어 방자하게 말하기를, '아버지가 자식에게 무슨 친함이 있겠는가. 본래 의미를 논한다면 실상 욕정이 나타났을 뿐 아닌가. 자식이 어머니에게 또한 무슨 친함이 있겠는가. 비유컨대 물건을 병 속에 두었다가 꺼내면 병과 떨어져 상관없는 것과 같다네.' 하고는 예형과 더불어 서로를 칭찬하였습니다." 〈공융열전〉

공융의 말을 정리하자면 이렇다. "아비와 자식이 왜 친해야 하지? 자식은 그냥 아버지의 욕정이 결과로 나타났을 뿐인데. 어미와 자식은 왜 친해야 해? 그냥 병 속의 물건을 꺼내듯이 자식도 어미의 배 속에서 나왔을 뿐이니, 떨어져 나온 후에는 아무런 관계도 없는데."

공융이 어떤 사람인가. 공자의 후손이다. 사실상 유학, 유교의 창시자라 볼 수 있는 바로 그 공자.

효도만큼 유교적인 행위가 또 어디에 있나. 원소가 탁류와 결탁한 권세가의 얼자에서 청류의 거두로 거듭난 배경이 바로 효도의 하이라이트, 삼년상을 두 번 치른 데 있지 않나.

그 공자의 후손이 효도를 부정했다. 선조에게 패드립을 치기 위해 한 말은 아니었다. 보다, 효도를 야심 실현의 수단으로 사용하는 현실을 비판하기 위해서였다. 나아가, 조조의 서주 대학살의 근본적인 원인을 비판하기 위해서였고.

《후한서》 공융은 이미 조조라는 사람이 점차 간웅으로서의 기질을 나타내고 있다고 생각했다. 그러나 자신의 능력으로는 조조를 감당할 수 없다고 판단한 공융은 자꾸 비꼬는 말을 내뱉었다. 〈공융열전〉

공융은 꽤나 오랫동안 조조에게 비판적인 태세를 취했다. 그래놓고 왜 조조의 밑에 있었냐 하면, 글쎄. 조조를 인정했다기보다는, 한 황실을 인정했기 때문이 아닐까? 그러니 틈만 나면 조조를 반대했지.

《후한서》 조조는 그 일로 더욱 공융을 꺼렸다. 그러나 공융의 명성이 워낙 높았으므로 겉으로는 참고 용인했다. 그러나 속으로는 그와 정론을 펼치는 것을 기피하며, 공융이 자신의 대업을 달성하는 데 방해가 되리라 생각했다. 〈공융열전〉

조조도 그런 공융이 기껍지는 않았다. 하지만 공융은 공자의 후손으로서도, 문학가로서도 명성이 높았다. 조조가 쉽게 건들 수 있는 상대가 아니었다. 결국 208년 9월에 이르러서야 공융을 죽일 수 있었는데, 자신의 권력이 정점에 선 후다. 북쪽으로는 원소의 잔당을 토벌하고, 남쪽으로는 유표가 죽은 시점이다.

그런데 이 시기가 왠지 미묘하다. 208년에 죽은 사람이 하나 더 있기 때문.

> 《정사》 건안 12년에 13살인 조충이 병에 걸리자, 조조는 친히 그를 살려달라고 빌었다. 조충이 죽자 태조[111]는 매우 슬퍼했다. 조비가 태조를 너그럽게 위문했는데, 태조가 말했다. "조충이 죽은 것은 나의 불행이지만, 이제 왕위를 다툴 수 없으니, 너희들에게는 행운이다." 〈무문세왕공전〉

바로 조조의 총애하던 어린 아들 조충이다. 워낙 총명하고 재치가 넘쳐, 조조가 후사로 고려하기까지 했던 아이다.

상주문에 따르면 공융은 예형과 저 불효막심한 대화를 나눴다. 예형은 198년에 죽었으니, 무려 10년 전에 있었던 일이다.

그렇다면 2가지 경우의 수가 그려진다.

1. 공융과 예형의 사적 대화를 누군가 기록했다가 10년 후에 보고했다.
2. 조충이 죽은 후 조조가 슬퍼하자 공융이 "예형과 이런 대화를 나눈 적이 있었다."며 이야기를 꺼냈다.

---

111) 조조

2번이 더 그럴듯해 보이지 않나. 공융과 예형이 나눈 대화를 누가 또 알겠어.

그리고 그랬다면, 유표까지 죽어 더는 대적할 자가 없다고 느낀 조조가 충분히 분노를 표출할 만도 하다.

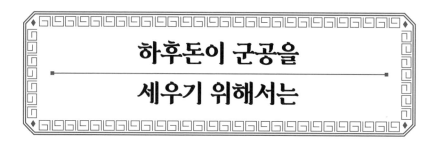

하후돈이 군공을
세우기 위해서는

《연의》에서 하후돈은 맹장으로 그려진다. 실제로는 군공이 참 적은 편이었는데도.

당연하지 않나. 장군의 일이란 대체로 전장을 고루 살펴, 그때그때 군을 운용하는 데 있다. 한쪽 눈이 없는 상태로는 쉽지 않겠지.

하후돈의 역할은 대체로 통솔 그 자체였다. 직접 군대를 이끌고 싸우기보다는, 보급과 반란 진압 위주였지. 더 자세히 보자면 군내 사기 진작, 인력 운용, 관계 개선 등이 있겠다.

하후돈 덕인지, 조조군 내에서는 서로 싸우는 장수가 많지 않았다. 조조군의 수많은 전공은 합심해 나온 결과가 많았고, 그런 조조군을 만든 것이 바로 하후돈의 인망이었다.

물론 군공이 아예 없지는 않다. 바로 장로 정벌 때다.

장로군은 당대 최강이었던 조조군에 맞서 게릴라전으로 대항했고, 이는 제법 성공적이었다.

[배송지]　《위명신주》에 실린 동소의 표에 이르길 "양평산 위의 둔영들을 공격하는 데 있어 제대로 이기지도 못하고 상처 입은 병사들이 많았습니다. 무황제[112]는 뜻을 이루지 못하자 군대를 데리고 후방을 막으면서 돌아가고자 대장군 하후돈과 장군 허저를 보내 산 위의 병사들에게 소리쳐 돌아오도록 하였습니다. 전군이 다 돌아오지도 못했는데 밤중이라 길을 잃어 적의 군영으로 잘못 들어갔고 적들은 모두 퇴산하였습니다."

결국 퇴각을 결정한 조조군. 하후돈과 허저는 병사를 찾으러 나섰다가, 길을 잃고 적의 군영에 들어섰다. 적은 기습인 줄 알고 도망갔다. 그렇게 장로 평정에 막대한 공을 세웠지.

뭐, 뒤로 넘어져도 코가 깨지는 사람이 있다면, 길을 잃어도 공을 세우는 사람도 있을 수 있겠다.

112) 위무제 조조

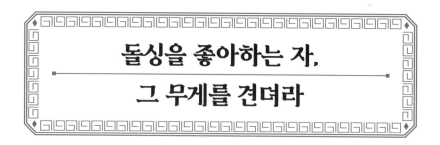

돌싱을 좋아하는 자, 그 무게를 견뎌라

전란의 시대였다. 하루하루 사람들의 생사가 갈리었다. 정쟁에 휘말리고, 전쟁에 불려가는 남자의 삶이 얼마나 안타까운지.

물론 여자의 삶도 마찬가지였다. 당시에 여자가 할 수 있는 일이 뭐가 있겠어. 아버지나 남편의 보호 아래 가정을 꾸리는 정도였을 테다. 반대로, 아버지와 남편 등 가장이 없으면 위험에 너무나 쉽게 노출됐다.

명문가의 규수였던 채염만 해도 그렇다. 남편과 아버지를 잃고 나서는 흉노족에게 납치되어 좌현왕의 첩이 되었다.

그렇게 몸 하나 의탁하기 힘들었던 세상, 구원자가 있었으니 바로 조조다. 13살, 14살과 혼인하는 것이 흔했던 시대, 조조는 이미 다녀온 여자도 마다하지 않았다.

《정사》 하안은 하진의 손자로, 모친 윤 씨는 태조[113]의 부인이 되었다. 하안은 궁성에서 자랐으며 공주를 아내로 맞았다. 〈조상전〉

《위략》 태조가 사공이 되었을 때 하안의 모친을 들여 하안을 길렀다. 그때 진의록의 아이인 진소 또한 모친과 함께 공[114]의 집에 있었는데 공의 자식들과 다름없는 총애를 받았다. 진소는 즉 진랑이다.

윤씨는 본래 하진의 며느리였다. 하진이 살해된 직후는 아니고, 조조가 협천자에 성공한 후에야 조조의 첩이 된다. 그때 하진의 손자인 하안도 윤씨를 따라왔는데, 조조가 진랑과 함께 무척이나 예뻐했나 보다. 자신의 딸을 주어 사위로 삼았을 정도다.

《헌제전》 진랑의 아버지 이름은 진의록이다. 진의록이 여포의 사자로 원술에게 갔을 때, 한 왕실의 여자를 배필로 얻었다. 전처 두 씨는 하비에 남았다. 여포가 포위되었을 때, 관우는 두 씨를 아내로 삼고 싶다고 조조에게 여러 차례 청했다. 조조는 두 씨가 얼마나 미인인지 관심이 생겼다. 여포 토벌 후, 두 씨가 미인임을 알게 된 조조는 약속을 어기고 그녀를 자신의 첩으로 삼았다.

진의록의 처 두 씨도 그렇다. 진의록은 원래 여포의 부하였는데, 원술에게 사자로 갔다가 새로운 처를 들였다. 당대에 남자가 처 여럿 두는 것이 뭐 큰 잘못이겠느냐마는, 문제는 두 씨가 아직 여포의 밑에 남아

---

113) 조조
114) 조조

있었다는 것.

관우가 직접 처로 삼고 싶다고 했을 정도의 미인이니, 미모가 유명하긴 했겠다. 그렇다면 그 호색한 여포가 가만히 뒀을까?[115]

하비가 떨어진 후, 조조는 두 씨를 불렀다. 그러고는 관우와의 약속을 잊고 만다. 그만큼 예뻤단다. 그렇게 자신의 처로 삼았다. 아직 진의록이 생존했을 때다.

> **《헌제전》**　[여포가 항복하자] 진의록은 조조에게 항복해 질장에 임명되었다.
> 나중에 유비가 소패로 가게 되었는데, 장비도 따라갔다.
> 장비가 진의록을 만나서 말했다. "그대는 처를 빼앗아 간 사람에게 부하 노릇을 하고 있으니, 이게 도대체 무슨 꼴이란 말이오? 우리랑 같이 갑시다."
> 그래서 진의록은 장비를 따라 수백 리를 갔는데, 후회하며 되돌아가고자 했다. 이에 장비가 진의록을 죽였다.

하지만 진의록은 오래지 않아 장비에게 죽고 만다.

두 씨로서는 어땠을까. 당연히 전남편의 죽음이 슬펐을 수도 있지. 하지만 결과적으로 보면 나쁘지는 않았겠다. 어쨌든 전남편은 자신을 호색한의 치하에 버려둔 채 새 처를 얻은 사람이다. 새 남편은 나라 최고의 권력자고.

더군다나 그 권력자는 진의록 사이에서 낳은 아들인 진랑에게 무척이나 잘 대해줬다.

---

115) 〈NTR 전문가〉 참고

◆

《헌제전》 진랑은 그의 어머니와 함께 궁궐로 들어가 조조로부터 깊은 사랑을 받았다. 조조는 항상 앉을 때마다 빈객들에게 말했다. "친아들도 아닌 의붓아들을 나만큼 사랑하는 사람은 없다."

조조에게만 사랑받은 것이 아니다. 조조의 아들 조비는 물론, 손자 조예에게까지 총애를 얻었으니, 조씨 일가 취급을 받았다.

《위략》 명제[116]는 항상 진랑과 상의했다. 어린 시절 이름인 아소라고 부르는 때가 많았고, 자주 금품을 내렸으며, 수도 중앙에 큰 집을 지어 주기도 했다. 세간에서는 모두 진랑은 하는 일도, 능력도 없는 인물임을 알았다. 그러나 진랑은 황제 가까이서 총애를 받고 있고, 많은 뇌물을 받았으므로 부유한 정도는 공후와 비슷할 정도였다.

물론 두 씨가 조조 대신 관우를 선호했을지도 모르지. 어쨌든 조조는 작고 왜소했다고 하니까. 하지만 진랑으로서는 조조의 양아들이 되는 편이 나았을지도 모른다. 아버지 죽인 사람의 의형제를 의붓아버지로 삼기보다는.
물론 두 씨가 조조의 아내가 되지 않았다면, 진의록도 장비를 따라가지는 않았겠다. 그러면 애초에 죽지도 않았을 수도. 이래서 역사에서는 '만약에'를 달기가 어렵다. 너무 꼬여버리잖아?

---

116) 조예

료 라이라이라는 표현은 어디에서 왔나

《정사》　새벽녘 동이 틀 무렵, 장료는 갑옷을 입고 극을 들어 선두에 서서 적 진을 함몰시켰다. 수십 명을 죽이고 두 명의 장수를 베었는데, 자신의 이름을 크게 외치며 보루를 뚫고 들어가 손권의 대장기 아래에까지 이르렀다. 손권은 크게 놀랐으며 주위의 사람들은 당황해 어찌할 바를 몰라 했다. 손권은 달아 나 높은 무덤 위로 올라가 장극으로 스스로를 지켰다. 장료가 손권을 욕하며 내려와 싸우자고 했으나 손권은 감히 움직이지 못했다.

장료가 이끄는 군사가 적은 것을 보고 군사들을 모아 장료를 여러 겹으로 포 위했다. 장료는 곧장 앞으로 나아가 급히 공격해 포위를 뚫었다. 휘하의 수십 명을 이끌고 포위를 벗어나자 뒤에 남은 군사들이 외쳤다,

"장군은 우리를 버리십니까!"

장료는 다시 포위망 안으로 돌입해 남은 군사들을 구했다. 손권의 병사와 말들은 모두 초목이 바람에 휩쓸리듯 무너져 내려 장료를 대적할 자가 없었다. 〈장료전〉

합비 전투 당시다. 장료는 직접 적은 수의 군사만을 이끌고 선두에 서서 적진으로 향했다. 이 시점에서 이미 용기 있다고 평할만한데, 장료의 활약은 여기서 멈추지 않는다. 자신의 이름을 크게 부르며 수십 명의 병사와 두 명의 장수를 베었단다. 손권은 높은 곳에 올라, 장료의 도발을 필사적으로 무시했다.

그뿐 아니다. 손권군이 적은 수의 군사만을 이끌고 있던 장료를 포위하자, 장료가 이를 뚫어냈다. 그러자 포위망 안에 남겨진 장료의 군사들이 자신들도 데려가 달라 사정했다. 장료는 도로 적진으로 돌진, 손권군을 무너뜨리고 남은 군사들을 구했다.

사서의 기록이 이럴 수가 있나. 소설도 이렇게 쓰면 욕먹는다. 영화도 이렇게 나오면 욕먹는다. 그런데 장료는 해냈다.

오의 열전을 보면 더더욱 기가 막히다.

《정사》는 기전체다. 당사자의 공은 확실하게 적어주되, 과는 축소하거나 생략한다. 그런데 이 일화를 다룬 열전이 여러 개다. 왜? 장료와 맞서 싸웠다는 사실, 그 자체가 엄청난 공이었으니까.

> **《정사》** 합비 싸움에서 장료가 급습했을 때, 장수들은 무방비 상태였다. 진무는 분투하다 죽었으며, 송겸이나 서성은 모두 후퇴했다. 반장은 후방에 있었지만 곧바로 급히 달려가서 송겸과 서성의 병사 중 달아나는 두 명의 목을 베었다. 그러자 병사들이 모두 돌아와서 싸웠다. 〈반장전〉

그만큼 상황이 급박했다. 오의 병사들은 수적 우위에 있었음에도 달아나려 들었다. 반장이 직접 도망치는 병사를 죽였다. 병사들이 '이래 죽으나 저래 죽으나 마찬가지니, 장료와 싸워나 보자.'는 마음을 가질 수 있도록.

《정사》 건안 20년(215), 감녕은 합비 공격에 참가했는데, 마침 역병이 유행하여 군대는 모두 물러났다. 오직 수레 아래의 호사 1천여 명과 여몽, 장흠, 능통 및 감녕이 손권을 따라 소요진 북쪽에 있었다. 장료는 멀리서 이러한 모습을 관찰하고는 즉시 보병과 기병을 이끌고 급습했다. 감녕은 적에게 화살을 쏘았으며, 능통 등도 필사적으로 싸웠다. 〈감녕전〉

《정사》 20년, 하제는 손권을 따라 합비를 정벌하러 갔다. 당시 성안에서 나온 적병과 전쟁하는 중에 서성이 부상을 입어 창을 잃게 되자, 하제가 병사를 이끌고 대항해 서성이 잃었던 창을 찾았다. 〈하제전〉

오의 장수들은 직접 장료에게 창, 칼을 들이밀었다.

명색이 장수다. 높은 곳에서 병사를 지휘하는. 그 장수들이 직접 창과 칼을 들고 싸웠다는 이야기다. 심지어 서성은 부상을 입어 창까지 잃었다.

《정사》 이때 몽충선을 탔는데, 배가 세찬 바람을 만나 적의 강안 아래로 떨어지니, 여러 장수들이 두려워하고 떨며 감히 나서는 자가 없었다. 서성이 홀로 병사를 거느리고 올라가 돌격하여 적을 쳐부수니, 적은 퇴각하여 달아나 죽거나 다친 자가 있었다. 바람이 그치자 바로 돌아와 손권이 크게 장하게 여겼다. 〈서성전〉

서성이 누구냐. 유수구 전투 당시, 바람에 휘말려 배가 적의 강안 아래로 떨어지자, 혼자 적을 때려잡은 장수다. 이만한 장수도 장료 앞에서는 힘을 쓰지 못했다.

《정사》　이때 손권이 군사를 철수시키는데, 선두 부대가 출발하자 위의 장수 장료 등이 나루터 북쪽을 엄습해 왔다. 손권이 선두의 병력을 뒤쫓아 가 되돌리려 했으나, 병력은 이미 멀리 떨어져 있어 그 사세가 서로 미치지 못했다. 능통은 자신이 친근히 대우하던 3백여 명을 거느리고 포위를 무너뜨리며 손권을 붙잡고 지켜내 탈출했다.

적들은 이미 다리를 무너뜨렸지만, 다리에 속한 양쪽 판은 그대로 있으니 손권이 말을 채찍질하여 달려갔다. 능통은 다시 돌아서 싸웠다. 주위 병사들은 거의 다 죽었으며 자신 또한 상처를 입었으나 수십 인을 죽였다. 손권이 이제는 화를 면했을 거라 생각해 돌아왔다. 다리는 무너지고 길은 끊겨 능통은 갑옷을 입은 채로 자맥질하며 왔다.

손권은 이미 배에 올랐다가 능통을 보고 놀라 기뻐했다. 능통은 친근히 대우하던 병사 중 돌아온 자가 없는 것을 보고 애통해했으니, 슬픔을 스스로 이기지 못하는 지경이었다.

손권이 소매를 당겨 눈물을 닦아주며 말하길 "공적, 죽은 자는 이미 죽었고, 실로 경은 살아주었는데, 어찌 사람 없음을 걱정하오?" 〈능통전〉

《오서》　능통의 상처가 심하여, 손권이 마침내 배에 능통을 남겨두고 의복을 갈아입혀 주었다. 상처가 탁 씨의 좋은 약에 힘입어 죽지 않았다.

　능통이 직접 키운 수하 3백 명도 전멸했다. 능통 본인조차 옷을 갈아입지 못할 정도로 심하게 다쳤다. 능통은 그러고 나서 오래지 않아 죽었다. 이때의 부상 후유증 때문이었을지도 모른다.

《위략》　장료는 손권에게 포위당하자 포위를 무너뜨리고 나왔다가 다시 들어갔다. 손권의 무리는 격파돼 달아났고, 이로 인해 위세가 강동을 뒤흔들었다. 아이가 울며 감히 그치지 않으면 부모가 장료를 이용해 겁을 줬다.

영국에는 "조용히 하지 않으면 [나폴레옹] 보나파르트가 지나가서 너를 죽이고, 때리고, 먹어 치울 것"이라는 내용의 마더 구스가 있단다. 그만큼 나폴레옹이 무서웠다는 방증이다.

장료도 그런 존재가 되었다. 아기가 울 때 '이놈 아저씨'가 된 셈이다. 전설적인 이놈 아저씨.

'료래래' 혹은 '료 라이라이'의 어원이 바로 이 전투다. 물론 실제로 "장료가 왔다."고 말했다는 기록은 없다. 상기했듯, 자신의 이름을 크게 외쳤다는 기록이 있을 뿐.

400여 년 후, 당나라에서는 "료래료래(遼来遼来)"라는 표현이 유행이었다. '자꾸 울면 이놈 아저씨가 온다.'와 같은 뜻이겠지.

일본 《삼국지연의》의 정석, 《요시카와 에이지 삼국지》에서는 이를 "료래래(遼来来)"로 바꿔버린다. 이를 반은 한자식, 반은 중국식으로 읽은 것이 료 라이라이고.

중국 일화를 일본에서 각색, 반 한국식, 반 중국식으로 다시 읽은 표현이라니. 삼국지의 영향력을 괜히 실감하게 된다.

하늘이 내렸어도
나관중은 피할 수 없어

《연의》의 피해자는 수도 없이 많다. 주유라거나, 서황이라거나, 조진이라거나, 사인[117]이라거나. 일단 유비의 적이면 어느 정도의 피해는 기본으로 탑재했다고나 할까.

유비의 편도 마찬가지다. 간옹과 손건, 미축은 활약이 제법 축소되어, 사람들에게 '간손미 브라더스'라 불리게 되었다. 심지어 유비마저도 성격과 능력이 대폭 수정되어, 현대에는 그다지 각광받지 못하게 되었다.

그렇지만 개인적으로 가장 안쓰러운 사람을 꼽으라면 역시 조인이 아닐까 싶다.

앞서 말했듯, 하후돈은 통솔에 특화된 장수였다. 달리 말하자면, 전략이나 전술을 세우는 데 능한 장수는 아니었다. 그럼 그 역할을 누가 했

---

117) 혹은 부사인

느냐, 바로 조인이 했다.

《연의》에서 조인의 행적은 다소 처참한 데가 있다. 조인의 분량이 가장 많은 장면이 바로 신야 전투인데, 뜬금없이 팔문금쇄진을 쳤다가 처음 등장한 서서에게 단단히 깨진다. 그러고 나서도 이전의 충고를 무시하고 야습을 강행했다가 번성을 뺏긴다. 백하 전투에서는 하후돈과 함께 제갈량의 수계에 속는다.

그런데 이 두 전투는 창작이다. 서서와 제갈량에게 빛나는 데뷔전을 만들어주기 위한 나관중의 창작.

실제의 조인은 조조 생전 무패에 가까운 기록을 보인다.

《정사》 서주 정벌에 종군한 조인은 늘 기병을 지휘하며 군의 선봉이 되었다. 따로 도겸의 장수 여유를 공격해 격파하고, 돌아와 팽성에서 대군과 합쳐 도겸군을 대파했다. 비, 화, 즉묵, 개양 공격에 종군하니, 도겸이 별장을 보내 여러 현들을 구원하자 조인이 기병으로 이를 격파했다.

(…) 태조[118]가 여포를 정벌하니 조인은 따로 구양을 공격해 함락하고 여포의 장수 유하를 사로잡았다.

(…) 태조가 장수를 정벌하니 조인은 따로 주변 현들을 돌며 남녀 3천여 명을 붙잡았다. 태조군이 돌아오며 장수에게 추격당했을 때, 군이 불리하여 사졸들이 사기를 잃자 조인이 장병들을 격려해 심히 분발케 하니 태조가 이를 장하게 여겼다. 마침내 장수를 격파했다.

(…) [유비가 원소의 명령에 따라 허도 남쪽에서 반란을 일으키자] 태조가 [조인에게] 기병을 거느리고 유비를 공격하게 했다. 조인은 유비를 패주시키고

---

118) 조조

모반한 현을 모두 다시 수습하고 돌아왔다.

(…) 원소가 별장 한순을 보내 서쪽 길을 노략질하고 끊게 하자 조인이 계락산에서 한순을 공격해 대파했다. 이로 말미암아 원소는 감히 다시는 군사를 나누어 출군하지 못했다. 다시 사환 등과 함께 원소의 군량 운반 수레를 노략질하고 양곡을 불태웠다.

(…) 태조가 마초를 토벌할 때 조인을 행 안서장군으로 삼아 제장을 지휘해 동관을 막게 하고 위남에서 마초를 격파했다.

(…) 소백, 전은이 모반하자 조인은 행 효기장군으로 임명되어 7군을 지휘, 전은 등을 토벌하고 이를 격파했다.

(…) 후음이 완에서 반란을 일으키고 주변 현의 무리 수천 명을 초략하자, 조인은 제군을 이끌고 후음을 공파해 참수했다. 번으로 돌아와 주둔하니 정남장군에 임명됐다. 〈조인전〉

《정사》를 통틀어, 이렇게 승전의 기록이 많은 장수는 흔치 않다.

특히 조인이 서주 정벌 때부터 군을 "따로" 이끌었다는 부분은 제법 주목할 만하다. 당시 조인은 스물다섯 남짓이었다. 조조보다 13살이 어렸으며, 조조와 비슷한 연배로 추측되는 하후돈이나 하후연에 비해 10살가량 어렸다.

기록에 따르면 하후돈의 첫 개인전은 도겸 정벌 당시 복양 수비였다. 이때 하후돈은 여포의 장수에게 납치당한다. 하후연은 관도대전 당시 보급을 담당했다는 것이 첫 단독 지휘의 기록이다.

《정사》는 기전체의 특성상 인물의 공은 강조하고, 과는 생략하거나 축소하는 경향이 있다. 즉 하후돈이나 하후연 역시 그전부터 따로 군을 이끌었을 수는 있다. 기록할 만한 공을 세우지 못했을 뿐.

반면 조인은 초창기부터 군을 단독으로 이끌어, 참전하는 족족 승전보를 올린 기록이 있다.

물론 승리만 하지는 않았다. 조조가 죽기 전까지, 딱 한 번이나마 패배한 적도 있다. 적벽대전 이후 남군 공방전에서다.

당시 조인은 주유를 상대로 1년을 버티다가 결국 성을 포기했다. 그렇지만 곱게 물러나지는 않았다. 물러날 때는 물러나더라도, 전설은 쓰고 물러났다.

《정사》　조인은 행 정남장군으로 임명되어 강릉에 남아 주둔하며 오장 주유를 막았다. 주유는 수만 군사를 거느리고 와서 공격했다. 선봉 수천 명이 처음으로 당도했다. 조인은 성에 올라 이를 보고는 3백 명을 뽑아 부곡장 우금[119]을 보내 거꾸로 싸움을 걸게 했다. 적은 많고 우금의 군사는 적었으므로 결국 포위되었다.

장사 진교가 함께 성 위에 있었는데, 우금 등이 거의 몰살되려는 것을 보고 좌우가 모두 안색을 잃었다. 조인이 의기로 매우 분노해 좌우에 일러 말을 가져오게 하니, 진교 등이 함께 조인을 말리며 말했다. "적의 군사가 흥성하니 당해낼 수 없습니다. 설령 수백 명을 버린다 한들 큰 손해가 아닌데 어찌 장군께서 몸소 가려 하십니까!"

조인은 응낙하지 않은 채, 결국 갑옷을 입고 말에 올라 휘하의 장사 수십 기를 거느리고 성을 나섰다. 적과 백여 보 떨어진 곳의 해자에 접근했다. 진교 등은 조인이 응당 해자 가에 머물며 우금을 돕는 형세를 취하리라 여겼으나, 조인은 해자를 뛰어넘어 곧바로 전진해 적의 포위망 안으로 돌진해 들어갔다. 이

---

119) 자를 문칙으로 하는 우금과는 동명이인

에 우금 등이 풀려날 수 있었다.

남은 군사들이 모두 빠져나오지 못했으므로 조인이 다시 돌아가 돌진해 우금의 군사를 벗어나게 했다. 여러 명을 잃었으나 적은 이내 물러났다.

진교 등은 당초 조인이 나가는 것을 보고 모두 두려워했는데 조인이 되돌아오는 것을 보자 감탄하며 말했다. "장군은 실로 천인이십니다!"

삼군이 그 용맹에 감복했다. 〈조인전〉

적의 포위망 안으로 돌진해 부하를 구한 후, 남은 부하를 구하기 위해 다시 포위망 안으로 돌진했다니. 장료의 전설과 비견될 만하다. 여기서 조인은 '천인', 즉 하늘에서 내려온 사람이라는 찬사를 얻는다.

사실 이 전투의 역사적인 의의는 누가 이겼느냐보다는, 얼마나 버텼느냐에 있다.

관도대전을 떠올려 보자. 관도대전은 원소의 침공을 조조가 막은 전투라 요약할 수 있다. 그런데도 실제 의의는 그 이상인데, 조조가 관도대전에서 원소에게 승리함으로써 대세가 뒤바뀌었기 때문이다. 조조는 내친김에 여양을 점령하고 원 씨의 잔당을 토벌함으로써 중원의 패자가 되었다.

적벽대전 역시 마찬가지다. 적벽대전은 오가 조조의 침공을 막은 전투다. 그러나 손권과 주유가 이 침공을 막지 못했다면, 조조는 자연스레 솔밭처럼 갈라진 천하를 하나로 통일했겠다.

여기서 관도대전을 도입해 볼까. 조조는 원소를 꺾고 최강자가 되었다. 손권도 조조를 꺾었으니 최강자가 될 수 있었다.

오는 호족의 연합체였다.[120] 각 호족은 평시에도 사병을 부릴 수 있었다. 전쟁이 나면 병사를 차출해야 하니 좋은 일이 아니었다. 손권의 부하들이 항복을 주장한 이유가 있다.

그런 호족들조차 사기가 만만해졌다. 바로 그 조조를 무찔렀다. 천하 쟁패의 꿈이 실현 가능해 보였다.

조인은 그런데도 무려 1년을 버텼다. 그 사이, 호족들의 사기는 점점 떨어졌고, 이내 원래의 모습으로 돌아갔다. 좋게 말하면 안전주의자, 나쁘게 말하면 보신주의자로.

조조는 관도대전 후 하북을 제패했다. 반면 손권은 그 대전을 이기고도 형주 남단을 얻는 데 그쳤다. 예기가 이미 꺾여 있었기 때문에.

《정사》 감녕의 포위가 풀린 후, 주유는 강을 건너 북쪽 해안에 주둔하며 조인과 결전할 날을 정했다. 주유는 직접 말을 타고 싸움을 지휘하다가 날아오는 화살에 오른쪽 겨드랑이를 맞았다. 상처가 대단히 심했으므로 곧바로 돌아왔다. 〈주유전〉

심지어 주유는 이 전투가 끝난 지 얼마 되지 않아 죽고 만다. 전투 당시 급소인 겨드랑이에 화살을 맞아 상처가 심했다는 기록을 보면, 상처가 심해져 죽었을지도 모른다. 그렇다면 조인으로서는 할 일을 제법 다한 셈이 아닌가.

그 후 조인은 비슷한 일을 한 번 더 해낸다. 바로 관우의 북진을 성공적으로 막아낸 것이다.

---

120) 〈손권의 소소한 고민, 신하들이 말을 듣지 않아〉 참고

유비가 한중에서 조조를 꺾고, 한중왕을 자처한 지 얼마 되지 않은 시점이었다. 조조는 당대에도 인기가 없었고, 반대급부였던 유비의 인기는 하늘을 치솟고 있었다. 관우도 마찬가지였다. 오죽하면 신이 되었겠어.

《정사》 이 해, 관우가 군사를 이끌고 번에서 조인을 공격했다. 조공[121]이 우금을 보내 조인을 돕게 했다. 가을, 큰비가 내려 한수가 범람하고 우금이 이끌던 칠군은 모두 물에 잠겼다. 우금은 관우에게 항복했다. 관우는 장군 방덕을 참수했다. 양, 겹, 육혼의 군도들이 멀리서 관우의 인호를 받아 그의 일당이 되었으니, 관우의 위세가 화하[122]에 진동했다.

조공이 도읍을 옮겨 예봉을 피할 것을 의논했는데, 사마선왕[123]과 장제가 "관우가 뜻을 이루는 것을 손권이 필시 원하지 않을 것이니 가히 사람을 보내 손권이 그 배후를 치도록 권할만합니다. 강남을 떼어내어 손권을 봉하는 것을 허락한다면 번의 포위는 저절로 풀릴 것입니다."라 말했다. 조공은 이를 따랐다. 〈관우전〉

《정사》 태조가 그 앞뒤로 은서, 주개 등 모두 12영을 서황에게 보냈다. 〈서황전〉

조조는 히스테리컬하게 반응했다. 우금에게 7군을, 서황에게 12영을 주어 조인을 돕게 했다. 그뿐 아니다. 천도까지 고려했다.

---

121) 조조
122) 중국
123) 사마의

왜 이렇게까지 했을까. 〈만총전〉을 보자.

《정사》 만총이 말했다. "산으로부터 흐르는 물은 속도가 빠르기 때문에 오래 지속될 수 없습니다. 관우가 파견한 다른 군대는 이미 겹현 아래에 주둔해 있으며, 허성 남쪽 지역의 백성들은 불안해하고 있습니다. 관우가 지금 감히 즉시 진격하지 않는 까닭은 우리 군대가 그들의 뒤를 끊을까 걱정하기 때문입니다. 현재 만일 도주한다면 홍하 이남 지역은 다시는 위나라의 소유가 될 수 없습니다. 마땅히 기다려야 합니다." 〈만총전〉

즉, 성 하나의 포기로 끝날 일이 아니었다. 통일의 교두보가 사라진다. 나아가 대세가 바뀔지도 모른다. 조조 본인도 그렇게 원씨 일가를 정리하고, 하북을 손에 넣었으니까.

《정사》 관우가 번을 공격할 때 한수가 범람하여 우금 등 칠군이 모두 물에 잠겼다. 우금은 관우에게 항복했다.

조인은 인마 수천으로 성을 지켰는데 성에서 물에 잠기지 않고 남은 부분이 수 판[124]에 불과했다.

관우가 배를 타고 성으로 와서 여러 겹으로 포위하니 안팎이 단절됐다. 양식은 떨어지려 하고 구원병은 도착하지 않았다. 조인이 장사들을 격려하고 필사의 각오를 보이자 장사들이 감복하여 모두 하나가 되었다.

서황의 구원군이 도착하고 물 또한 점차 줄어들었다. 서황이 밖에서 관우를 공격하니 조인은 포위를 허물고 벗어날 수 있었고 관우는 퇴주했다. 〈조인전〉

---

124) 1판은 2척, 즉 46cm 정도다.

적장은 만인지적 관우다. 구원군은 그대로 항복했다. 성은 물에 잠겼다. 잠깐 우산 없이 비를 맞아도 짜증 나는데, 하물며 하루 종일 물에 잠긴 채 생활해야 한다니. 고립되었으므로 양식도 고갈되어 갔다.

그런데도 조인은 분투했다. 끝까지 포기하지 않았다.

이후에는 모두가 아는 대로다. 서황이 번성을 구원하고, 성에서도 물이 빠지고, 여몽이 관우를 쫓고….

만약 조인이 아니라 다른 장수였다면 어땠을까? 물론 잘 방어해 낼 수도 있었겠지. 더 잘해냈을지도 모른다. 하지만 반대로, 성을 금방 포기해 버렸을지도 모른다. 그러면 천하의 대세는 뒤집어졌겠지.

이쯤 되면 눈치챘겠지. 나는 조인을 상당히 좋아한다. 삼국지에서 제일 좋아하는 인물 중 하나라고 해도 좋을 정도다.

> 《정사》 조인은 어릴 때 품행을 바르게 하지 않았으나 장성해 장수가 되자 엄정하고 법령을 받들어 늘 법령을 좌우에 두고 이를 살펴 사무를 처리했다. 언릉후 조창이 북쪽으로 오환을 정벌할 때 문제[125]는 태자였는데, 서신을 써서 조창을 훈계하길, "장수가 되어 법을 받드는 것은 응당 정남[126]과 같아야 하지 않겠는가!"라고 했다. 〈조인전〉

드라마 주인공 같지 않아? 원래는 되게 망나니 같던 사람이, 계기가 주어지자 갑자기 돌변해 먼치킨마냥 적을 썰고 다니는 거. 요즘 감성 아냐?

---

125) 조비
126) 정남장군 조인

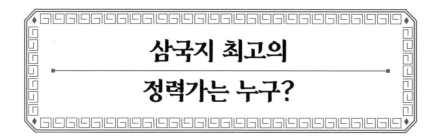

삼국지 최고의
정력가는 누구?

헌제가 이각과 곽사로부터 탈출한 후, 종요는 공을 인정받아 열후가 되었다. 그리고 나서는 자연스레 협천자에 성공한 조조의 밑에서 활약한다.

세월이 흘러 조조의 아들 조비가 위왕이 되고, 황제가 되었다. 종요도 어느덧 삼공 중의 하나인 태위가 되었다.

《정사》 당시에 종요는 사도 화흠, 사공 왕랑과 함께 '선대의 명신'으로 각광 받았다. 조회를 마친 문제[127]는 좌우의 신하들에게 이렇게 말했다. "이들 삼 공은 당대의 위대한 인물들이다. 후세에 또 이와 같은 인물들이 이어지기는 어려울 것이다." 〈종요전〉

127) 조비

조비는 태위 종요, 사공 화흠, 사도 왕랑의 삼공 조합을 무척이나 뿌 듯하게 여겼다. 이런 라인업은 또 나오지 않을 것이라며 극찬했다.

그렇게나 자랑스러워하던 재상이 스캔들을 냈다. 이미 70대였던 종요 가, 총애하던 첩 장 씨를 위해 정실부인[128] 손 씨와 이혼한 것이다. 심지 어 장 씨는 무려 48세 연하의 여성이었다. 48세가 아니다. 48세 연하다.

당장 지금도 그렇다. 국가의 고위 공무원이 아내와 이혼하고 48세 연 하의 여성과 재혼해 봐라. 언론에서 좋은 소리가 나오겠어? 여론도 나 쁘겠지.

조비의 어머니 무선황후 변 씨는 이를 좋게 보지 않았다. 어쨌든 여자 입장에서 기분 좋을 일은 아니었다. 본인도 그렇게 정실이 되지 않았느 냐 하겠지만, 상황이 달랐다. 본래 정실이었던 정 씨의 경우 조조가 싹 싹 빌었는데도 본인이 이혼을 고수했으니까. 게다가 변 씨는 이혼 후에 도 이따금씩 만나면 정 씨를 상석에 모셨던 사람이다.

《위씨춘추》 종회의 모친[129]은 종요의 총애를 받았다. 종요가 그녀를 위해 정실부인을 내보냈다. 변 태후가 이에 대해 말했기에, 문제가 조서를 내려 종 요에게 부인을 다시 거두도록 했다. 종요는 극도로 분노해 짐독을 먹고 자살 하려 했으나 실패했고, 산초를 먹어 말을 할 수 없는 지경에 이르렀다. 황제는 마침내 명을 거뒀다.

웬일로 효자 노릇을 하고 싶었던 조비는 종요에게 쫓아냈던 정실을

---

128) 정실 역할을 하던 첩이라는 이야기도 있다.
129) 장창포

다시 맞이하도록 권유한다.

종요는 강력하게 거부했다. 어느 정도였냐면, 자살을 시도했을 정도다. 사실 종요가 정실을 내쫓은 이유가 있기는 했다.

[배송지]　종회가 그의 어머니를 위해 전을 지어 이르길, "(…) 귀첩 손 씨는 정실을 대신하여 집안의 일을 전임하고 있었는데. 마음속으로 장 씨의 현명함을 질투해 수차례 참소했다.

(…) 장 씨가 임신하자 더욱 질투가 심해져 마침내 음식 속에 약을 넣었다. 부인은 음식을 먹다가 이를 깨닫고 토했다. 그러나 어지럽고 눈앞이 깜깜한 증상이 수일 지속되었다.

혹자가 말하길 '어찌하여 공[130]께 말하지 않으십니까?'

대답하길 '적서가 서로를 해치는 것은 집안과 국가를 파멸시키는 길로 고금을 통틀어 교훈이 되어왔습니다. 만약 공께서 나를 믿는다고 하더라도 무리 중에 누가 능히 그 일을 밝혀내겠습니까? 손 씨는 마음속으로 내가 반드시 이를 것이라 여기므로, 반드시 나보다 먼저 손을 쓸 것인즉, 사건이 이로 말미암아 발각된다면 어찌 유쾌하지 않겠습니까!' 하고는 병을 칭해 만나지 않았다.

손 씨는 과연 성후에게 말하길 '첩은 남자아이를 얻게 하기 위해 남자아이를 얻는 약을 먹였을 뿐인데 도리어 독이 되었습니다.'

성후[131]가 말하길 '남자아이를 얻게 하는 약은 훌륭한 일인데 몰래 음식에다 넣고 사람에게는 주는 것은 인정이 아니다.'라 하고는 마침내 시중드는 사람들을 신문하여 자복을 받고 손 씨는 이로 말미암아 죄를 얻어 쫓겨나게 되었다.

---

130)　종요
131)　종요

성후는 부인에게 어떻게 말하지 않을 수 있었냐고 묻자 부인이 그 까닭을 이야기해 줬다. 성후는 크게 놀라 부인을 더욱 현명하게 여겼다."

정실이었던 손 씨는 장 씨가 임신하자 이를 질투해 해로운 약을 먹였다. 장 씨는 맛이 이상했는지 이내 뱉었는데, 후유증은 남았는지 며칠 동안 눈앞이 깜깜했다고 한다.

하지만 장 씨는 남편인 종요에게 이에 대해 고하지 않았다. 사람들이 왜 이르지 않냐 묻자, 장 씨는 "말해봤자 지금은 증거가 없다. 하지만 부인은 내가 이를 것이라 생각할 테니 분명 먼저 손을 쓸 텐데, 그때 분명 전말이 드러나지 않겠냐."고 했다.

장 씨의 추측대로 불안했던 손 씨는 먼저 종요에게 반 자백을 한다. 약을 주기는 줬는데, 아들 낳는 약을 줬다고 말했다. 종요는 그렇게 좋은 약을 말 없이 줬을 리 없다고 판단, 주위를 신문해 사실 관계를 파악했다.

물론 이 정도의 집안일을 조비나 무선황후가 알았을 리 만무하다. 종회야 제 친어머니의 현명함을 알리기 위해 썼다 하더라도, 종요 입장에서는 집안을 다스리지 못한 셈이니 꽁꽁 숨겼겠지. 그렇게 조용히 부인을 쫓아내려 했는데, 장 씨의 어려도 너무 어린 나이 탓에 추문에 올랐을 뿐.

물론 처첩 문제가 생겼다고 해서 정력가라 부르지는 않는다. 정력가라 불린 이유는 따로 있었다.

[배송지] "(…) 황초 6년, 종회를 낳자 은총이 더 융성해졌다."

종회가 태어난 해는 황초 6년, 즉 225년이다. 이미 종요보다 4살 어렸던 조조가 죽은 지는 5년이나 지나 있었다. 조비가 죽기 한 해 전이다. 종요 본인은 만으로 74세 혹은 75세였다.

《정사》 위명제 조예가 즉위하자 (…) 종요는 무릎에 관절염을 앓았기 때문에, 황제를 배알할 때 자리에서 일어나기가 불편했다. 당시에 화흠도 나이가 많아 여러 가지의 질병에 시달렸기 때문에, 조회를 하러 올 때마다 가마나 수레를 이용했으며, 대전에 오를 때는 호분이 부축을 해야 했다. 〈종요전〉

조예 즉위 후에는 걷기도 힘들어 가마나 수레를 이용했으며, 부축을 받아 대전에 올랐다고 한다. 그렇게 신체상의 어려움이 있는데도 아들을 낳았으니, 정력가가 아니고 뭐겠어.
종요의 능력이랄까, 정력은 당대에도 유명했나 보다. 저자에는 다음과 같은 이야기가 나돌았다.

《육씨이림》 종요는 몇 달 동안 조회에 참석을 하지 못할 정도로 성품과 건강이 좋지 않았다. 어떤 사람이 그 이유를 묻자 종요는 이렇게 대답했다. "대단히 아름다운 여자가 항상 찾아옵니다."
질문을 한 사람이 이렇게 말했다. "반드시 귀신일 것입니다. 죽여야 합니다."
나중에 여자가 왔지만 들어오지 않고 문 바깥에서 기다리고 있었다. 종요가 왜 그러느냐고 묻자 여자는 공이 나를 죽이려고 한다고 대답했다. 종요는 그렇지 않다고 말하며 그 여자를 불러들였다.
여자가 들어오자 종요는 아무래도 이상한 생각을 참을 수가 없어 숨겨두었던 도끼로 여자의 허벅지를 내리쳤다. 여자가 놀라서 뛰어나가자 핏자국이 길을 따라 이어져 있었다.

다음 날 사람을 시켜서 그 흔적을 따라가 보았더니 커다란 무덤이 있었다. 그 안에 있는 관에는 살아 있는 것과 같은 여자가 누워 있었다. 흰색 장삼을 들추고 보았더니 왼쪽 허벅지에 상처가 있었으며, 조끼에는 피가 묻어 있었다. 이 이야기는 숙부인 청하태수에게서 들었다. 청하태수는 육운이다.

종요가 하도 피곤해하니 주위에서 무슨 일이냐 묻자, 밤마다 매우 아름다운 여자와 동침을 하느라 그렇다고 대답했다는 것. 질문한 사람은 이는 필시 귀신이니 쫓아내라 충고했다. 종요는 여자의 허벅지를 도끼로 내려쳤고, 여자는 허벅지에서 피를 흘리며 도망쳤다.

다음 날 핏자국을 따라가자 무덤이 하나 있었고, 그 무덤 속 관에 종요가 봤던 그 여자가 살아 있던 모습 그대로 있었다네.

대체 얼마나 정력이 출중했으면 귀접이 가능했다 여겼을까.

밸런스 게임을 갑분싸로
만들어 버리는 유형

한동안 밸런스 게임이 유행이었다. 밸런스 게임은, 두 개의 선택지 중 더 좋은, 혹은 더 별로인 선택지를 고르는 게임이다.

삼국지에도 밸런스 게임이 나온다.

《병원별전》 태자[132]가 연에서 모임을 개최했을 때, 수십 명의 빈객이 모였다. 태자는 그들에게 다음과 같은 질문을 했다. "아버지와 군주가 동시에 심한 병에 걸렸는데 목숨을 구할 수 있는 알약이 하나만 있다면 누구에게 먼저 바칠 것인가?"

사람들의 의견이 분분했다. 어떤 사람은 군주라고 하고, 어떤 사람은 아버지라고 했다. 병원은 가만히 앉아서 아무런 의견도 내놓지 않았다. 태자가 병원

---

132) 조비

에게 물어보자 병원은 한마디로 잘라서 아버지라고 대답했다. 태자는 그 말에 반박하지 못했다.

대체로 조비의 개차반 인성을 증명하는 일화라고 하더라. 아버지를 선택하면 불충한 사람이 되고, 군주를 선택하면 불효한 사람이 된다면서. 특히 질문을 던진 당사자가 군주의 아들이자 후계자기 때문에.

그렇지만 의도가 정말 악했다면 의견이 분분했을까? 도리어 아무도 입을 못 열었을 듯하다. 되려 군주의 아들이자 후계자 앞에서 그에 대해 논할 수 있을 정도로 자유로운 분위기는 아니었을까. 어쨌든 조비는 바로 아버지의 정적이었던 공융마저 시 하나는 잘 썼다고 칭찬하던 사람인데.

그렇게 되면 병원은 갑자기 분위기를 싸하게 만든 사람, 이른바 갑분싸가 되어버린다. 모두가 신나서 토론하는 주제를 가지고 말이야.

물론 여기까지는 모두 촉까위빠의 눈물겨운 조비 옹호일 뿐이고, 군주의 아들이자 후계자가 저런 질문을 했다면 그 자체로 문제는 맞다.

여담으로, 여기에 나오는 병원은 누구일까?

어떻게 사람 이름이 병원이냐는 질문은 접어두자. 그저 병원에 대해서만 간단히 이야기하자면, 화흠, 관녕과 함께 일룡이라 불리던 사람이다. 가장 유명한 일화는 스승인 공융과의 말싸움이 있겠다. 그때의 일화가 다음과 같다.

《병원별전》   공융이 어떤 한 사람을 유난히 아껴서 항상 대단히 감탄했다. 나중에 공융의 화를 돋우는 바람에 죽이려고 하자 관리들이 모두 간청했다. 그 사람도 피가 날 정도로 머리를 찧으며 사죄를 했으나 공융의 마음을 돌리지 못했다. 유독 병원만은 청을 하지 않았다.

공융은 병원을 보고 말했다. "다른 사람은 모두 청원을 하는데 그대는 왜 하지 않는가?"

"그에 대한 명부[133]의 마음은 원래 그리 박하지 않았습니다. 항상 연말에는 그를 천거하는 말씀을 하시면서, '나에게는 아들이 하나가 있다.'고 하셨습니다. 명부께서는 그를 사랑하셔서 마치 아들처럼 여기시다가, 미워하시니 죽을 위기에 놓였습니다. 어리석은 저는 명부께서 그를 사랑하셨는지 아니면 미워하셨는지를 알지 못하겠습니다."

"그 학생은 나의 문중으로 들어와 내가 형제처럼 대하다가 발탁해 등용했다. 대체로 옳은 사람은 더 나아가게 하고, 나쁜 사람은 죽이는 것이 참된 군자의 도이다. 전에 응중원[134]은 태산군수로 있을 때 어떤 사람을 효렴으로 천거했다가 불과 열흘 만에 죽였다. 군자의 애정이라도 두텁고 얇음이 항상 같지는 않다!"

"응중원이 효렴으로 천거했다가 죽인 것이 의로운 일입니까? 대체로 효렴은 국가의 준재를 선발하는 제도입니다. 천거했다면 죽이는 것은 잘못된 일이며, 죽여야 할 사람이었다면 천거를 한 것이 잘못된 일입니다. 《시경》에는 '그가 나의 아들이 되었으니, 근친혼을 시킬 수는 없다.'고 했습니다. 《논어》에는 '사랑하면 그를 살리려고 하며, 미워하면 그를 죽이려고 한다. 이미 살리려 해놓고, 또다시 죽이려 한다면 그것이 바로 미혹이다.'라고 했습니다. 응중원의 미혹함이 이토록 심한데 명부께서는 어찌 그를 닮으려고 하십니까?"

공융은 크게 웃으면서 자신이 농담을 했을 뿐이라고 말했다.

병원은 다시 말을 이었다. "군자의 말은 몸에서 나오지만 백성들에게 영향을 미칩니다. 어찌 사람을 죽이려 해놓고 농담이었다 하십니까?"

---

133) 공융
134) 응소

공융은 아무 말도 하지 못했다.

대충 요약하자면 이렇다. 공융이 자신이 가르치던 어떤 사람을 무척이나 예뻐했는데, 그 사람이 어느 날 공융의 화를 돋웠단다. 이에 분노해 그 사람을 죽이려고 하자, 모두가 용서해 주라 하는데 병원만 아무런 말이 없었다.

공융이 이에 왜 너는 아무 말이 없냐 묻자, 병원이 "언제는 아들이라고 부르면서 예뻐하더니 지금은 미워서 죽이려고 한다. 무슨 마음인지 모르겠다."고 일갈했다는 것.

공융이 응소의 일화를 들면서 "천거했다가 죽일 수도 있지. 다른 사람들도 그러더라." 식으로 나오자, 병원은 다른 고사를 들면서 따박따박 따졌다. 이에 공융이 농담이었다고 하니까, 병원은 거기에도 또 "사람을 죽이려 해놓고 농담이라고 하면 다냐."고 반박했다는 이야기.

공자의 후손에게 유교 경전을 들어 팩트 폭력을 가하다니, 대단하지 않냐. 눈치가 없는지, 아니면 눈치가 있어도 옳은 말을 해야만 하는지. 어느 쪽이든 갑분싸의 재질이긴 하다.

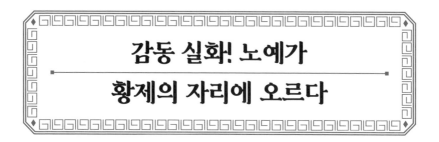

감동 실화! 노예가
황제의 자리에 오르다

예루살렘의 귀족 유다 벤허. 한때 막역했던 로마인 친구의 배신으로 노예가 되어 험난한 삶을 살던 중, 로마인 귀족의 양자가 된다. 막대한 재산과 훌륭한 신분을 얻은 벤허는 복수를 다짐하는데….

소설과 영화《벤허》의 줄거리다. 워낙 유명하기 때문에, 미천한 신분의 주인공이 노예 혹은 노비 생활을 하다가 정상으로 등극하는 내용을 벤허식 구성이라 일컫기도 한다.

삼국지에도 이렇게 벤허 같은 내용이 있다면 어떨까. 스케일도 조금 키워서, 노예 출신 황제를 만들어 버리는 거지.

《위략》　당초 유비가 소패에 있을 때다. 뜻하지 않게 조공[135]이 당도하자 황

---

135) 조조

급한 와중에 가속들을 버리고는 형주로 달아났다.

유선은 이때 몇 살의 나이로 달아나 숨었는데, 다른 이를 따라 서쪽 한중으로 들어왔다가 팔려 넘어갔다.

건안 16년, 관중에서 난이 일자 부풍 사람 유괄이 난을 피해 한중으로 들어왔다가 유선을 사들였는데, 양가의 자식임을 알게 되자 자식으로 삼고 처를 얻어주니 아들 한 명을 낳았다.

처음 유선이 유비와 헤어졌을 때 부친의 자가 현덕임을 알고 있었다. [유비의] 측근 중에 간씨 성을 쓰는 자가 있었는데, 유비가 익주를 얻자 간 씨를 장군으로 삼았다. 유비가 간 씨를 한중으로 보내자 간 씨는 도저에 머물렀다.

이에 유선이 간 씨를 방문했는데, 간 씨가 서로 물어서 검증해 보니 일들이 모두 들어맞았다. 간 씨가 기뻐하며 장로에게 말하자, 장로는 유선을 씻겨서 익주로 보내주었다. 이에 유비가 그를 태자로 세웠다.

유비가 조조의 공격을 받아 도망쳤던 서기 200년의 일이다. 그러니까, 관우가 조조에게 투항했던 그 시기.

유비는 가족도 버린 채 홀로 달아났고, 어린 유선은 노예가 되어 한중으로 팔려갔다. 다행스레 11년 후, 유괄이라는 사람이 한중으로 들어왔다가 유선을 자식으로 삼았다.

유선은 아버지에게 버림받았을 당시 워낙 어렸기에 자세한 기억은 없었지만, 아버지의 자가 현덕이며, 아버지 측근 중에 간씨 성을 쓰는 사람이 있음은 알고 있었다.

유비가 익주를 얻은 후, 간씨 성을 가진 장군이 한중을 방문했다. 유선은 이에 간 씨를 방문했다가 자신의 아버지가 유비임을 알게 되고, 그렇게 유비에게로 가서 태자가 되었다.

물론 말도 안 되는 소리다. 배송지는 주석을 통해 《위략》을 비판했다.

[배송지] 신 송지가 보건대, 〈이주비자전〉[136]에서 "후주는 형주에서 태어났다."고 하고, 〈후주전〉에서 "처음 제위에 올랐을 때 나이가 17세"라 하니 즉 건안 12년생이다.

건안 13년에 장판에서 패하자 유비가 처자를 버리고 달아났고 〈조운전〉에서 이르길, "조운이 어린아이를 품에 안고 화를 면했다."고 하니 즉 [이 어린아이가] 후주다.

이와 같다면 유비는 일찍이 유선과 서로 헤어진 적이 없다.

또 제갈량은 유선이 즉위한 다음 해 익주목을 겸하고 그 해에 주부 두미에게 보낸 서신에서 "조정께서 금년에 18세"라고 했으니 유선전과 상응하고 이치에 맞아 헛점이 없다.

그런데 어환[137]은 유비가 소패에서 패했을 때 유선이 막 태어났다고 했으며, 형주로 달아났을 때 능히 그 부친의 자가 현덕임을 알았다고 하니 5, 6세는 되어야 한다.

유비가 소패에서 패했을 때는 건안 5년이고 유선이 처음 즉위한 때는 앞뒤로 24년이니 유선은 응당 20세를 넘는 것이 된다.

이 일들을 서로 증험해 보면 이치에 맞지 않다. 이는 즉 《위략》의 망설인데 200여 자에 이르니 괴이하구나!

조조가 서주로 유비를 토벌하러 갔을 때 유선은 이 세상에 존재하지

---

136) 유비와 유선의 처자식에 대한 열전
137) 《위략》의 저자

도 않았다. 유선은 그로부터 7년이 지난 후에야 태어났거든.

《위략》은 위나라 사람이 쓴 위나라 중심 사서다. 당대에 쓰여진 1차 사료로서 가치는 매우 높지만, 오나 촉에 대해서는 신빙성이 많이 떨어진다.

'유선 벤허설' 역시 유선의 권위를 떨어뜨리기 적합한 낭설 정도에 불과하다.

물론 《연의》에서 "이깟 어린아이 때문에 내 대장 한 사람을 잃을뻔했구나!"라고 외치며 유선을 내던진 유비를 떠올리면 그럴듯해 보이긴 하지만. 유비라면 충분히 아들을 잃어버릴 만도 하잖아? 가솔을 두고 홀로 달아난 적이 몇 번인데 말이야.[138]

---

138) 〈유비는 몇 번이나 가족을 버렸을까〉 참고

한국사와 가장 관련 있던 인물은 누구?

《연의》는 후한 말, 황건적의 난에서 시작해 진나라의 통일로 끝이 난다. 연도로 보자면 184년부터 280년까지, 약 100여 년의 기간을 이른다.

한반도에서도 한창 삼국시대가 진행되고 있었다. 진수는 《정사》의 〈위지 동이전〉에서 부여, 고구려, 동옥저 등 한민족 국가에 대해 기술했다. 그만큼 한반도와 연이 있었다.

《삼국사기》　10년 봄 2월, 오나라의 왕인 손권이 사신 호위를 보내 화친을 청했다. 왕이 그 사신을 억류했다가, 가을 7월에 목을 베어 위나라에 전했다.

11년, 위나라에 사신을 보내 위의 연호가 개정된 것을 축하했다. 경초 원년이었다.

12년, 위나라 태부 사마선왕[139]이 군사를 동원해 공손연을 토벌했다. 왕이 주

---

139)　사마의

부 대가로 하여금 군사 1천 명을 거느리고 그들을 돕게 했다. 〈17권〉

고구려는 특히 위와 교류를 활발히 했다. 동천왕 때는 손권의 사신을 참수해 위에 전한 적도 있다. 사마의와 함께 요동의 공손연을 토벌하기도 했다.

하지만 요동이 사라지자 위와 고구려는 국경을 접하게 되었다. 그렇게 양국의 사이는 급격하게 나빠진다.

《정사》 정시[140] 중 관구검은 고구려가 수차례 침범하고 반란을 일으켰으므로 제군의 보경과 기병 1만 명을 지휘해 현도를 나가 여러 길로 고구려를 쳤다. 구려왕 궁이 보기 2만 명을 거느리고 비류수 가로 진군하니 양구에서 크게 싸웠다. 궁이 연달아 격파되어 패주했다. 그리하여 관구검이 속마현거[141] 하여 환도산에 올라 구려의 도읍을 도륙하고 수천 명을 참획했다. 〈관구검전〉

《삼국사기》에는 조금 더 자세한 설명이 나온다.

《삼국사기》 20년 가을 8월, 위나라가 유주자사 관구검으로 하여금 1만 명을 거느리고 현토를 침공하게 했다. 왕이 보병과 기병 2만 명을 거느리고 비류수에서 전투를 벌여 그들을 쳐부수고 3천여 명의 머리를 베었다. 다시 군사를 이끌어 양맥 골짜기에서 전투를 벌여, 역시 적군을 쳐부수고 3천여 명을 죽이거나 생포했다.

---

140) 위폐제 조방의 치하
141) 말을 묶고 수레를 매달아 놓는다는 뜻으로, 험난한 산길을 갈 때를 비유

왕이 여러 장수들에게 말했다. "위나라의 대병력이 오히려 우리의 적은 군사만도 못하다. 관구검이란 자는 위나라의 명장이지만, 오늘날에는 그의 목숨이 나의 손에 달려 있구나."

왕은 철기 5천 명을 거느리고 진격하였다. 관구검이 방진을 치고 결사적으로 싸우자, 우리 군사가 대패하여 사망자가 1만 8천여 명이었다. 왕은 기병 1천여 명을 거느리고 압록원으로 도주했다. 〈17권〉

관구검은 1만 명의 병사를 이끌고 고구려를 침공했으나, 대패해 3천 명을 잃고 만다. 이에 동천왕은 마지막 일격을 가하기 위해 돌진했지만, 오히려 1만 8천 명의 사망자를 내고 도망쳤다. 하지만 양국의 갈등은 여기서 끝나지 않는다.

《정사》 다시 고구려를 치자 궁이 매구로 달아났다. 관구검이 현도태수 왕기를 보내 추격하게 하니, 옥저를 지나 천여 리를 가서 숙신 씨의 남쪽 경계에까지 이르러 돌에 공적을 새기고 환도의 산과 불내의 성에 글자를 새겼다. 주륙하거나 받아들인 이가 모두 8천여 구에 이르렀고, 공을 논해 상을 주어 후로 봉해진 자가 백여 명에 달했다. 산을 뚫고 물을 대니 이로써 백성들이 이로워졌다. 〈관구검전〉

관구검은 재차 고구려로 쳐들어갔고, 이번에도 대승을 거둔다.

《삼국사기》 유유가 위나라 군중에 들어가서 항복을 가장하고 말했다. "우리 임금이 대국에 죄를 짓고 바닷가로 도망하였으나, 이제 왕은 의지할 곳이 없으므로, 장차 귀국의 진영에 항복하여 귀국의 법관에게 죽음을 맡기려 하는

데, 저를 먼저 보내 변변치 못한 음식으로 군사들을 대접하게 하였습니다."

위나라 장수가 이 말을 듣고 그의 항복을 받으려 하였다. 이때 유유가 식기에 칼을 감추어 나아가서 칼을 뽑아 위나라 장수의 가슴을 찌르고 그와 함께 죽었다. 위나라 군사는 곧 혼란에 빠졌다. 왕은 군사를 세 길로 나누어 급습하였다. 위나라 군사들은 혼란 속에서 전열을 가다듬지 못하고, 마침내 낙랑에서 퇴각하였다. 〈17권〉

형세가 불리해지자 고구려의 장수 유유는 동천왕을 대신해 항복의 의사를 전한다. 하지만 이는 함정. 위 진영에 들어간 유유는 숨겨두었던 칼을 꺼내 위나라 장수를 죽이고 자결한다. 동천왕도 때맞춰 급습해 간신히 목숨을 부지할 수 있었다.

하지만 간신히 돌아온 도읍 국내성은 이미 폐허가 되어 있었다. 고구려는 한동안 평양성을 임시 도읍으로 삼아야 했다.

그렇다면 고구려의 왕을 낭떠러지로 몰아냈던 관구검은 대체 누구인가. 사실 《연의》를 읽은 사람도 관구검을 얼른 떠올리기란 쉽지 않다. 제갈량 사후에야 활약한 인물이니까.

더군다나 공적은 생략됐고, 최후는 더욱 처참하게 각색됐다. 관구검 본인뿐 아니라, 관구검에게 패배한 동천왕에게도 억울할 노릇이다.

《정사》 관구검은 부친의 작위를 물려받았고, 평원왕[142]의 문학이 되었다. 명제[143]가 즉위하자 상서랑에 임명되었다가 우림감으로 올랐다. 동궁일 때부

---

142) 조예
143) 조예

터의 오랜 교분으로서 매우 가까운 대접을 받았다. 〈관구검전〉

나라의 태자쯤 되면 아무와 친하게 지낼 수 없다. 조예가 태자였던 시절부터 친분을 쌓았다는 기록을 고려하면, 관구검은 제법 젊은 시절부터 제법 두각을 드러냈을 테다. 본인도 위의 기대를 잘 충족했다.

하지만 관구검은 여기서 멈추지 않았다. 끊임없이 요동 침공을 주장했다. 공손연의 야심을 미리 눈치챘을 수도 있고, 공적을 세우고 싶었을 수도 있겠다. 어느 쪽이든, 관구검은 이민족을 포섭해 요동 공략에 나섰다.

《정사》 공손연이 역격해 관구검과 싸우니 불리하여 군을 이끌고 돌아왔다. 이듬해, 황제가 태위 사마선왕[144]을 보내 중군과 관구검 등의 군대 수만 명을 통수하게 해 공손연을 치고 요동을 평정했다. 관구검은 그 공으로 안읍후로 봉해져 식읍이 3,900호에 달했다. 〈관구검전〉

첫 공략은 실패로 끝났다. 장마 때문에 요하가 범람했던 것이다. 그래도 관구검과 친했던 조예는 죄를 묻지 않았다. 다만 이듬해에 다시 벌인 요동 정벌의 책임자는 사마의로 바뀌었다. 관구검도 사마의를 따라가 공을 세웠다.

이후 관구검은 고구려 침공에서 대활약한 후 군사적 재능을 인정받아, 대오 전선에 투입된다. 제갈각과의 동흥 전투에서는 당대의 실권자인 사마사를 따라 종군했으나 대패를 맛보았다. 하지만 어쨌든 사마사본인이 인정했듯 사마사 본인의 실책이 가장 컸기에 책임을 지거나 하

144) 사마의

지는 않았다.

오나라 태부 제갈각이 합비의 신성을 포위하자 관구검은 문흠과 함께 이를 막았다. 태위 사마부가 중군을 지휘해 동쪽으로 와서 포위를 풀자 제갈각은 퇴각했다. 〈관구검전〉

《진서》 서로 대치한 지 몇 개월, 제갈각은 성을 공격하다 힘이 다하니 죽거나 상한 자가 태반이었다. 경제[145]가 이에 문흠에게 조칙을 내려 정예병을 거느리고 합유로 달려가 퇴각하는 길을 점거하게 했으며, 관구검에게는 여러 장수를 거느리고 뒤를 끊게 하였다. 제갈각이 두려워하며 퇴각하니 문흠이 반격해 제갈각을 크게 깨뜨리고 머리 만여 급을 베었다. 〈경제기〉

동흥에서 자신감을 얻은 제갈각은, 무려 20만 대군을 이끌고 합비신성 공략에 나섰다. 하지만 합비신성은 역시나 만만치 않았고, 제갈각은 마침내 퇴각을 결심한다. 관구검은 문흠과 함께 퇴각하는 제갈각을 공격, 크게 대파했다. 제갈각은 이 패배를 기점으로 몰락에 접어들었다.

《정사》 당초 관구검은 하후현, 이풍 등과 매우 친하게 지냈다. 양주자사 전장군 문흠은 조상과 동향으로, 용맹하고 거칠며 사나우니 수차례 전공을 세웠다. 노획품을 부풀려 보고해 포상을 구했으나 대부분 허락되지 않자 원한이 날로 심해졌다. 관구검이 이를 헤아려 문흠을 후대하니 두 사람의 우의가 돈

---

145) 사마사

독해졌다. 문흠은 감격하여 관구검을 떠받들고 성심으로 대하며 두 마음을 품지 않았다.

정원 2년 정월, 수십 장에 이르는 혜성이 나타나 서북쪽으로 하늘을 가로질러오, 초의 분야에서 떠올랐다. 관구검, 문흠은 이를 상서로운 조짐으로 여기며 기뻐했다. 마침내 태후의 조서를 칭탁해 대장군 사마경왕[146]의 죄상을 적어 여러 군국에 돌리고 거병하여 반란을 일으켰다. 〈관구검전〉

이때 사마사는 조방을 폐위하고 조모를 황제로 세운 상태였다. 오의 침입이 일단락되자 관구검은 문흠과 의기투합, 황제 폐위의 죄를 묻고자 사마사를 상대로 난을 일으켰다.

《정사》 관구검, 문흠 등이 표를 올려 말했다. "(…) 사마사의 죄를 살펴보건대 사형을 가해 간특함을 밝게 드러냄이 마땅합니다. 그러나 춘추의 뜻에서 일대에 선행을 하면 십 대에 걸쳐 용서해 준다 합니다. 사마의가 큰 공을 세워 해내에 기록될 정도였으니 옛 전의에 의거해 사마사를 폐한 후 사저로 돌아가도록 하십시오.

사마사의 동생 사마소는 충숙관명하고 낙선호사하여 세속을 초월한 군자의 도량을 갖추고 있고 충성스러운 마음으로 나라를 위했으니 사마사와 같지 않습니다. 신 등이 쇄수할 각오로 보증하는 바이니 가히 사마사를 대신해 성궁을 보도할 만합니다." 〈관구검전〉

관구검이 올린 표문을 보자. 사마사를 역적으로 몰면서도, 동시에 부

---

146) 사마사

친 사마의의 공을 보아 사마사를 용서하고, 아우인 사마소 및 숙부 사마부, 사촌 사마망 등을 기용하자는 내용이다. 그만큼 사마씨 가문의 영향력이 높았다.

사마사는 당시 눈병을 심하게 앓던 중이었다. 하지만 부하[147]의 권유에 따라 고통을 참으며 난을 진압했다. 문흠은 사마사에게 패배, 문앙과 함께 오로 도주했다.

《정사》 이날 문흠이 싸움에서 패했다는 말을 듣고 관구검은 두려워하며 밤중에 달아나니 무리가 붕괴했다. 신현에 도착했을 때 좌우의 사람과 병사들이 점차 관구검을 버리고 떠났다. 관구검은 홀로 동생인 관구수, 손자 관구중과 함께 물가의 풀숲에 숨었다. 안풍진 도위부의 일반 백성인 장속이 나아가 활을 쏘아 관구검을 죽이고 그 목을 경도로 보냈다. 〈관구검전〉

관구검은 문흠의 패배 소식을 듣고 도망, 풀숲에서 숨어 있다가 한 백성의 화살에 맞아 죽었다. 《연의》에서는 달아나던 중 술에 취해 자다가 죽었는데, 그래도 《연의》에서의 최후보다는 낫다.

난은 그렇게 끝났고, 관구검은 그렇게 죽었지만, 역사적으로 아무 의미 없던 행동은 아니었다.

《진서》 경제[148]의 눈에 종기가 나서 의원에게 종기를 째게 했다. 문앙이 쳐들어온다는 말을 듣고 놀라 눈이 빠져나왔다. 육군이 두려워할까 저어하는 마

---

147) 이름이 부하다.
148) 사마사

음에 옷으로 눈을 가렸고, 통증이 심해지니 이빨로 옷을 물어뜯으며 참아 좌우에 있는 사람들은 알지 못했다.

윤월, 병세가 위독해지니 문제로 하여금 모든 군대를 총괄하게 했다. 신해일, 허창에서 붕어하니 이때 나이 48세였다. 〈경제기〉

문흠의 아들 문앙의 활약에 사마사가 큰 부상을 입었기 때문. 기록에 따르면 눈이 빠져버렸단다. 이때의 후유증으로 사마사는 오래지 않아 죽었다.

어쨌든 목표의 일부는 달성한 셈이다.

여담으로 관구검의 성씨는 관이 아니라 관구다. 무구씨의 오자라는 설도 있다.

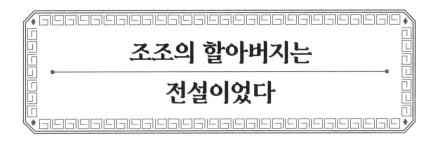

조조의 할아버지는
전설이었다

조조가 환관의 손자임은 삼국지를 읽은 모두가 알고 있다. 하지만 할아버지가 어느 정도의 권세를 지니고 있었는지는 모르는 사람이 더 많다.

조조의 할아버지 조등은 대단한 사람이었다. 조등 생전, 십상시 따위는 조등의 심부름꾼에 불과한 수준이었다. 환관이 양자를 들일 수 있게 된 것은 오로지 조등의 공이었다.

《후한서》 　조등의 자는 계흥으로 패국 초 사람이다. 안제 때 황문종관으로 제수됐다. 순제가 동궁에 있을 때, 등태후는 조등이 어린 데다 조심스럽고 중후해서, 황태자가 독서하는 것을 시중들게 하니 특별히 친밀한 사랑을 받았다. 황제가 즉위하자 조등은 소황문이 됐고, 중상시로 승진했다. 환제가 즉위할 수 있었던 것은 조등과 장락태복 주보 등 7명이 계책을 정한 공 덕분이라

모두 정후에 봉해졌다. 조등은 비정후가 됐고, 대장추로 승진했으며, 특진이 더해졌다. 〈조등열전〉

조등은 여타의 조씨 가문 사람들과 마찬가지로 패국의 초현 출신이다. 후한 안제 때 환관이 되었던 조등은, 어렸을 때부터 당시 황태자였던 순제의 총애를 받았다.

순제는 황태자 시절 안사황후 염 씨의 모함을 받아 어머니를 잃고, 자신 또한 폐서인이 되었던 적이 있다. 안제가 죽자, 외척이었던 염씨 일가는 자신들의 권력을 굳건히 하기 위해 방계 황족 북향후를 즉위시켰다. 하지만 북향후는 고작 200일 만에 사망하고, 염씨 일가는 또 다른 방계 황족을 몰색했다. 조선 철종의 즉위가 떠오르는 대목이다.

하지만 이번에는 염씨의 뜻대로 되지 않았다. 이때 등장한 사람이 조등이다. 조등은 환관 손정 등과 함께 황궁을 급습, 순제를 즉위시킨다. 순제는 이에 자신의 즉위를 도운 환관 19명을 후작에 봉하고 양자를 들여 작위를 세습할 수 있도록 허락하니, 조등은 조숭을 아들로 삼게 되었다.

이 정도만 해도 조등은 이미 반정공신이다. 그런데 조등의 활약은 여기서 멈추지 않는다.

순제의 아들 충제는 고작 2살일 때 아버지의 뒤를 이어 제위에 오른다. 때문에 순제의 황후였던 순열황후 양 씨와 그 일가가 충제를 대신해 섭정하며 권세를 키워나갔다.

충제는 고작 1년 만에 죽고, 양 씨는 7살의 유찬을 제위에 올렸다. 아무래도 어린 황제일수록 다루기 편했으니까. 이렇게 황제가 된 사람이 바로 질제다.

질제는 어린 나이에도 제법 총명했기에, 외척 양기의 전횡을 익히 알고 있었다. 양기는 권력을 잃을까 두려워 황제를 독살하고는, 제위에 올릴만한 인물을 찾았다.

사실 황제가 될만한 사람이 없지는 않았다. 질제의 사촌 형뻘이었던 유산. 몸가짐이 바르고 위엄 있어 중신들의 지지를 받고 있었다.

하지만 조등은 유산에게 사사로운 원한이 있었다. 물론 양기 역시 유산이 황제가 되면 더는 섭정할 수 없게 된다. 결국 양기와 조등은 합심해, 훗날 환제가 되는 유지를 제위에 올렸다.

환제는 질제의 숙부뻘이었다. 환제가 황제가 되면, 숙부가 조카의 위패에 절을 하게 된다. 즉, 적합한 항렬은 아니었다. 그럼에도 양기와 조등의 힘으로 황제가 된다. 둘에게 얼마나 고마웠을까.

물론 고마움은 고마움이고, 권력은 권력이다. 환제는 저보다도 더 막강한 힘을 지닌 양기가 못마땅했다. 그래서 적당한 사건이 생기자 환관과 힘을 합쳐 양기를 죽이고, 양씨 일족을 정리한다.

하지만 이 때문에 환관의 힘은 걷잡을 수 없을 정도로 커져버렸다. 이 힘이 옳게 쓰였으면 모르겠지만, 환관은 이 힘을 사리사욕을 채우는 데 쓴다.

결국 대신 이응과 외척 두무 등 청류파가 탁류인 환관 비판에 나섰다. 환관들은 황제에게 거짓말을 해서 이응을 비롯, 2백여 명을 투옥했다.

여담으로 이응은 등용문의 어원에도 등장한다. 워낙 청렴하던 이응이기에, 이응의 추천을 받는 것은 용문을 오르는 것과 마찬가지라는 뜻에서 나온 말.

아무리 고대라고는 하나, 그냥 벌을 줄 수는 없는 법. 재판이 시작됐다. 청류는 그 기회를 환관의 죄를 고하는 데 사용했다. 그뿐 아니라 전국적인 봉기를 준비한다. 이에 환관들은 외척 두무의 상소를 외척의 개입으로 몰아 청류의 대대적인 숙청을 준비한다.

이때 조등이 나섰다. 조등은 청류를 다 죽이는 대신 주동자 몇 명만 처분하자며 같은 환관들을 설득했다. 결국 두무와 여러 청류파 인사들은 관직을 박탈당했지만, 죽지는 않았다.

제1차 당고의 금은 그렇게 일단락됐다. 조등은 탁류와 청류 양측의 존경을 다 받을 수 있었다.

어쨌든 즉위에 두 번이나 간섭한 전설적인 인물로서, 외척을 몰아내는 데 지대한 공을 세웠으니, 어지간한 환관에게는 우러러볼 수밖에 없는 존재가 됐다.

동시에 청류파 인사에게는 목숨을 빚진 사람이 되었지. 당대의 권력자로서는 보기 드물게, 무탈히 은퇴한 것도 그 때문이다.

《조만전》 태조[149]가 처음 [북부]위의 관청으로 들어가 네 문을 수리했다. 5가지 색깔의 봉을 만들어 문의 좌우에 각각 십여 매씩 걸어 두었으니, 금령을 범하는 자가 있으면 권세를 믿고 행패를 부리는 자는 모두 봉으로 때려죽였다.

몇 달이 지난 후 영제가 총애하던 소황문 건석의 숙부가 밤에 나다니자 곧 그를 죽였다. 경사 사람들이 종적을 감추고 감히 금령을 범하는 자가 없었다. 근습, 총신들이 모두 태조를 미워했으나 해칠 수는 없었다.

《조만전》에 나오는 대목이다. 조조가 북문의 수비대장인 북부위로 근무하던 시절, 건석의 숙부가 통금 시간을 어기고 밤에 나다닌 적이 있다. 이에 조조가 장형을 집행했고, 건석의 숙부는 죽고 말았다. 하지만 날아다니는 새도 떨어뜨린다는 환관 건석도, 조조를 처벌할 수는 없었다.

---

149) 조조

《조만전》은 오나라의 누군가가 쓴 조조의 전기다. 그 진위가 반드시 분명하지는 않지만, 이 일화가 사실이라도 이상하지는 않다.

어쨌든 건석은 어렸을 때 조등의 손에서 자랐다. 즉, 건석에게는 조등이 스승이자 아버지이자 상사였다.

그런 사람의 손자를 어떻게 해치겠어.

조조도 아마 알고 있었겠지. 본인이 무탈하리라는 사실을. 용기는 아무나 갖출 수 있는 것이 아니다.

십상시는
억울해

168년, 환제가 후사 없이 죽었다. 환제의 장인 두무는 이 틈을 타 환관을 제거하고, 청류를 기용하고자 했다. 그래서 자신들의 말을 잘 들을 만한, 한미한 배경의 황족을 찾앗다.

유굉은 누가 봐도 적임자였다. 유굉의 아버지 유장은 일찍 죽었으며, 어머니 동씨 일족 역시 세도가는 아니었다. 환관의 관심을 받기는커녕, 그 누구의 관심도 받지 못한 채 사가에서 가난하게 살고 있었다.

결국 환사황후 두 씨가 임조칭제[150]하여 환제의 오촌 조카인 유굉을 즉위시킨다. 두무는 초심을 잃지 않고 당고의 금을 해제, 청류를 대거 등용한다.

---

150) 황제가 정무를 주관할 수 없는 유고 시에 황제의 어머니인 황태후가 황제를 대신하여 정치를 주관하는 행위

하지만 영제는 두무의 뜻대로 움직이지 않았다. 대신, 즉위 직후 제2차 당고의 금을 벌였다. 상심한 두무는 빠르게 자살했다. 잡혀 죽은 청류 인사만 백여 명이 넘었으며, 사죄, 유죄 및 금고의 처분을 받은 사람은 6, 700명에 달했다. 사실상 청류의 명맥을 끊어놓은 사건이었다.

영제는 오롯한 권력자가 되었다. 그리고 그렇게 얻은 권력은 사리사욕을 채우는 데 쓰였다. 그러니까, 오로지 돈을 모으기 위해.

> 《후한서》　나중에 두 태후가 붕어하자 조정 정치를 장악했는데, 황제에게 관직을 팔아 재물을 얻도록 하고는 본인도 황금과 돈을 받으니 곳간에 차고 넘칠 정도였다. 〈효인동황후전〉

특히 어머니 효인황후, 혹은 영락태후 동 씨는 영제에게 매관매직을 장려했다. 영제는 어머니의 말을 충실하게 듣는다.

> 《후한서》　처음으로 서저를 열어 관직을 팔았다. 관내후, 호분, 우림을 돈을 받고 팔았는데 각각 차이가 있었다. 좌우에 사사로이 영을 내려 공경도 팔았는데, 공은 1,000만 전이었고, 경은 500만 전이었다. 〈효령제기〉

> 《산양공재기》　관직을 팔 때 녹봉 2,000석은 2,000만 전을, 400석은 400만 전을 받았다. 덕으로써 뽑힌 자는 반만 받았으며, 때로는 3분의 1을 받기도 했다. 서원에 창고를 세워 돈을 쌓아 두었다.

과거 제도도 없던 시대다. 매관매직은 그 전에도 있었다. 하지만 국가 차원에서 공식적으로 매관매직을 한 전례는 없었다. 영제는 그런데 아예 가격을 정해놓고 벼슬을 팔았다.

그렇기에 벼슬을 맡게 된 자들은 먼저 서원에서 값을 흥정한 다음에야 밖으로 갈 수 있었다. 돈을 모두 못 내는 자도 있었으며 그중에는 자살하는 자도 있었다.

청렴한 자들은 벼슬을 하지 않겠다고 빌었으나 모두 핍박받아 관직에 임명됐다. 당시 하내군 출신의 사마직이 새로 거록태수로 임명을 받았는데 청렴하다는 명성이 있어 빚을 300만 전으로 깎아주었다. 사마직이 조서를 받고 서글퍼 말하길, "백성의 부모가 되어 이들을 배반해 가죽을 벗기고 살을 도려내어 세상의 요구에 영합하는 것은 참을 수 없는 일이다."

그리고는 병을 핑계로 그만두겠다 했으나 들어주지 않았다. 부임지로 향하다 맹진에 이르니, 그르치고 있는 것과 경계로 삼아야 할 실패에 대해 극진하게 상소한 다음 약을 삼켜 자살했다. 〈장양, 조충열전〉

심지어 관직을 옮길 때도 돈을 내야 했는데, 오죽하면 신하들이 돈이 없다며 부임을 거절할 정도였다. 그러자 할부로도 결제가 가능하게 만들었다. 일단 할부로 결제하고, 직책을 수행하며 갚으라는 이야기다. 어떻게? 백성을 수탈해서.

청렴하기로 유명했던 사마직은 이를 받아들이지 못하고 자살했다. 그러고도 영제는 매관매직을 멈추지 않았다.

물론 영제가 어머니의 뜻을 따르기 위해 매관매직을 한 것은 아니다. 그만큼의 효자인지도 의문이다.

애초에 본인부터가 장사에 관심이 많았다. 궁에서 모의 시장을 열었을 정도다.

《후한서》 이해에 영제가 후궁에 열사를 지어 변녀들로 하여금 물건을 판매하게 하니, 서로 몰래 훔치고 싸우며 다퉜다. 영제는 물건을 팔고, 값을 흥정하며 연회를 열어 마시는 일을 즐거움으로 삼았다. 〈효령제기〉

유교 사회에서 상인의 위치는 높지 않다. 아니, 낮다면 낮다고 하겠다. 괜히 사농공상(士農工商)이라 하겠어? 물론 사농공상은 계급을 표현한 단어가 아니었다고는 하지만, 어떻게 받아들여졌는지를 고려해 보자.

그런데도 영제는 상인의 흉내를 냈다. 가난했던 시절에서 정신적으로 벗어나지 못한 모자가, 재물에 극도로 집착하게 된 것이다.

《후한서》 황제는 본래 후의 가문으로 오랫동안 가난했으니, 환제가 집을 지을 능력이 없었음을 매번 탄식했다. 그렇기에 사사로이 뇌물을 모으고, 또 소황문과 상시로부터 각각 수천만 전의 뇌물을 위임해 받도록 한 것이다. 〈장양, 조충열전〉

이렇게 보면 결국 난세의 책임이 누구에게 있는지 명확해진다.

《연의》 이렇게 어지럽게 된 연유를 추론해 보면 거의 환제와 영제 두 임금에게서 비롯되었다. 환제가 착한 무리를 금지하고 환관을 높이고 믿었으며, 환제가 죽기에 이르자 영제가 즉위하여 대장군 두무와 태부 진번이 함께 서로 보좌하였다. 그때 환관 조절 등이 권세를 쥐니 두무와 진번이 그를 죽이려고 도모하였으나, 일을 꾸민 것이 치밀하지 못하여 도리어 해를 당하였고, 환관들이 이때부터 더욱 횡행하게 되었다.

나관중은 환관을 비판하면서 《연의》를 시작한다. 환관의 횡포가 난세를 낳았다는 것이다. 하지만 이상하지 않나. 환관이 뭐라고?

> 《위서》 태조[151]가 이 일을 듣고 웃으며 말했다. "환관은 예나 지금이나 의당 있는 것으로 군주가 부당하게 권력과 총애를 내린 것이 이 지경에 이르렀다. 이미 그 죄를 다스리기로 했으면 응당 원흉을 주살하면 되니, 이는 옥리 한 명으로도 족하다. 그런데 어찌 분분하게 바깥의 장수를 부른다는 것인가? 모두 주살하고자 하면 일이 필시 드러날 것이니, 실패하리라는 것을 알겠구나."

하진이 원소의 계책에 따라 흑산적을 토벌하겠다는 명목으로 주변 군벌을 불러모을 때, 조조는 말했다. 어차피 환관은 늘 존재했다고. 지금의 사태는 황제가 부당하게 권력을 주었기 때문이며, 총애를 잃은 환관의 죄를 다스리기는 참 쉽다고.

조조의 말대로였다. 황제의 신임을 잃은 환관은 아무것도 아니다. 환관은 황제의 의도대로 행동하는 심부름꾼일 뿐이다.

십상시가 좋은 사람들이었다는 이야기는 아니다. 다만 환관은 결국 아랫물에 불과하다는 이야기다. 윗물이 맑지 않은데 아랫물이 어떻게 맑겠어.

---

151) 조조

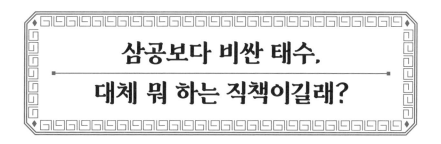

삼공보다 비싼 태수,
대체 뭐 하는 직책이길래?

《후한서》 처음으로 서저를 열어 관직을 팔았다. 관내후, 호분, 우림을 돈을 받고 팔았는데 각각 차이가 있었다. 좌우에 사사로이 영을 내려 공경도 팔았는데, 공은 1,000만 전이었고, 경은 500만 전이었다. 〈효령제기〉

《산양공재기》 관직을 팔 때 녹봉 2,000석은 2,000만 전을, 400석은 400만 전을 받았다. 덕으로써 뽑힌 자는 반만 받았으며, 때로는 3분의 1을 받기도 했다. 서원에 창고를 세워 돈을 쌓아두었다.

녹봉 2천 석짜리 관직은 2천만 전이었단다. 삼공의 두 배다.

대사농이 녹봉 2천 석을 받았다. 대사농은 지방에서 중앙에 바치는 세금과 양곡을 관리하는 관직이다. 떼어먹을 것이 좀 많았겠어? 2천만 전씩 받을만하다.

훗날 유비가 되는 좌장군, 관우가 되는 전장군도 녹봉 2천 석이었다. 하지만 이 정도쯤 되면 아무리 영제라 한들, 아무한테나 주지는 못했다.

그리고 또, 태수와 자사가 바로 녹봉 2천 석이었다. 이 직책이 삼공보다 비싸다는 이야기다. 대체 왜?

처음 《삼국지연의》를 읽으면서, 그리고 삼국지 관련 게임을 하면서 가끔 든 의문이 있다. 태수는 뭐고, 주자사는 뭐고, 또 주목은 뭐야?

〈정사〉 "(…) 연주자사 유대, 예주자사 공주, 진류태수 장막, 동군태수 교대, 광릉태수 장초 등은 정의로운 군대를 규합하여 모두 국가의 어려움을 구할 것입니다." 〈장홍전〉

장홍이 반동탁 연합 당시, 맹주 역할을 하면서 한 맹세의 일부다. 반은 태수고, 반은 자사다. 어떻게 보면 태수나 자사쯤은 되어야 인정받는다는 이야기겠다. 함께 있던 조조는 적당한 관직이 없어 언급조차 되지 못했다.

그렇다면 왜 자사나 태수쯤은 되어야 할까.

태수가 뭐 하는 직책인지부터 알아보자. 후한 말은 사실상의 군현제를 쓰고 있었다. 군 혹은 국에서 시작해 현, 도, 그리고 향으로 나뉘었다. 이를테면 조조는 패국 초현 출신이며, 유비는 탁군 탁현 출신이다.

태수는 군을, 상은 국을 다스리는 관직이다. 사실상 해당 지역의 총책임자로서 세금을 걷을 수 있었다. 즉, 백성을 이리저리 착취할 수 있었다. 당연히 비쌀 수밖에. 속된 말로 뽕을 뽑을 수 있었다고나 할까.

하지만 태수의 꽃은 징병권과 군사권이었다. 태수는 임지에서 군대를 편성, 바깥으로 출정까지도 할 수 있었다. 이는 군과 동급의 행정구역인

각국의 상도 마찬가지였다. 공융이 북해상이었고, 포신이 제북상이었다.

그러니 반동탁 연합에 태수니, 상이니 자주 등장한 것이다. 태수나 상 쯤은 되어야만 병력을 차출할 수 있었으니까. 징병권과 군사권이 없다면 조조처럼 사비를 털어야 했는데, 그나마도 강제권이 없으니 병사를 모으기 쉽지 않았다.

중앙의 권위가 확고하면 제아무리 지방관이라 한들 군사를 함부로 놀리지 못한다. 하지만 중앙의 권위가 약해지면 이야기는 달라진다.

주는 행정구역이 아니라 감찰구역이다. 마찬가지로, 주자사는 태수와 상을 감찰하고 견제하기 위해 만들어졌다.

주자사는 각 지방에 머무르며, 비상시 칙령에 따라 각 군과 국에 병력을 요청할 수 있었다. 그러면 자사는 감군이 되어 그 병력을 지휘했다. 다만 이때까지만 해도 그렇게 보낸 병력은 군이나 국 병력의 일부에 불과했기에, 태수나 상의 상관으로 보기는 어려웠다.

반면 주목은 달랐다. 주목은 처음부터 군사권을 쥐고 있었다. 해당 직책은 황건적의 난 당시 유언의 제안으로 만들어졌는데, 각 태수의 군권으로는 반란을 진압하기 어려우니 주목에게 군권을 부여해야 한다는 주장이었다.

유언은 덕분에 익주목이 되어 하나의 왕국을 구축한다. 유언이 쌓아 올린 익주는 아들 유장을 통해 유비에게로 넘어가 촉한이 되었으니, 주목의 권한이 그 정도였다.

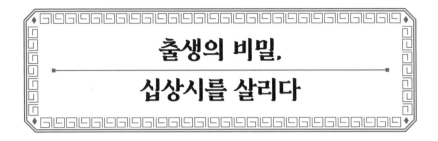

출생의 비밀,
십상시를 살리다

역사에 만약이란 없지만, 만약이 없다면 또 무슨 재미로 역사를 볼까. 역사는 선택의 결과니, 다른 선택을 했으면 어떻게 되었을까 싶어질 때가 있다.

그중 하나가 바로 '십상시의 주살이 빨리 이루어졌다면?'이 되겠다.

영제가 붕어하고, 소제가 즉위하자마자 십상시를 주살했다면? 적어도 동탁이 그렇게 쉽게 권력을 차지하지는 못했겠다. 동탁이 없었다면 각 제후의 호족화도 다르게 진행되었을 테고.

그렇다면 하진은 십상시의 주살을 왜 그렇게까지 망설였을까?

우선 하진 본인의 권력 획득 과정이 떳떳하지 않았다. 하진은 애초에 환관에게 뇌물을 바쳐 훗날 영사황후가 되는 하 씨를 입궐시켰다. 본인의 출신이 그러했는데, 떳떳할 리가 없다.

다만 이 문제는 하진이 청류의 구심점인 원소를 핵심 측근으로 삼으며 해결했다. 여포가 동탁을 주살하기 전 왕윤과 손을 잡음으로써 대의명분을 얻었듯이, 하진 역시 원소와 손을 잡음으로써 탁류 대신 청류를 얻게 되었다.

그럼에도 해결되지 않은 문제가 있었으니, 바로 본인의 권력 기반이 약하다는 것이었다.

외척이라는 단어를 들으면, 보통은 기세등등한 장군이나 대신이 떠오르겠지? 어쩌면 황후 혹은 태후 본인보다도 더 막강한 권력을 휘두르는, 왕망이 좋은 예시겠다. 고모인 효원황후를 통해 정권을 잡았다가 아예 새로운 나라를 세워버린, 효원황후의 극렬한 저항에도 불구하고.

왜 이렇게 되냐. 어쨌든 아녀자의 정치 참여에는 한계가 있는 법이다. 군권을 가질 수도 없다. 반면 외척은 다르지. 군권은 물론, 인사권까지도 가질 수 있다. 그렇게 온갖 권력과 권한을 손에 쥐면, 자연스레 황후보다도 더 힘센 외척이 탄생한다.

하지만 하진은 아니었다. 단 한 번도 권력을 오롯이 지녀본 적이 없다. 처음에는 환관과 나눠야 했고, 다음에는 의붓동생과 나눌 위기에 처했다.

하진은 영사황후 하 씨의 이복 오라비였다. 즉, 어머니가 달랐다. 영사황후의 어머니 흥은 일찍이 주 씨와 혼인해 주묘를 낳았다가, 백정이었던 하진의 아버지와 재혼, 태후 하 씨와 그 여동생을 낳았다. 주묘도 이때 의붓아버지의 양자가 되어 성을 하씨로 고친다.

이 백정 하 씨는 아마 일찍 죽지 않았을까 싶다. 흥은 181년 무양군에 봉해졌다는 기록이 있는 반면, 아버지에 대한 기록은 없었으므로.

즉, 영제 사후 영사황후의 친정을 하진의 입장에서 정리하자면 이렇다. 의붓어머니 무양군과 의붓동생 하묘, 이복 여동생 둘. 이복 여동생 중 하나는 태후가 되었고, 다른 하나는 장양의 며느리가 되었다.

죽은 아버지보다는 산 어머니가 가까울 수밖에. 그리고 무양군 입장에서는, 의붓아들보다 친아들 하묘가 더 기꺼웠을 테다. 친아들과 의붓아들의 사이가 좋지 않으면 더더욱. 실제로 하묘의 하진에 대한 적대감은 공공연한 정도였다.

《영웅기》 하묘는 태후의 동모 오라비로, 먼저 시집온 주 씨의 아들이다. 하진의 부곡장 오광은 평소 하묘가 하진과 마음을 같이하지 않는 것을 원망했으며, 환관과 통모한 것으로 의심했다. 이에 군중에 영을 내리길 "대장군[하진]을 죽인 자는 거기장군[하묘]이다."라 했다. 그리고는 군사를 이끌고 동탁의 동생 동민과 함께 주작궐 아래에서 하묘를 공격해 죽였다.

하진의 능력이 더 뛰어나기는 했다. 하묘보다 높은 자리에 올라간 것도 그 때문일 테다. 황건적의 난이 일어났을 때는 대장군의 지위까지 올랐다. 영제의 신임을 그렇게나 얻었다.

대장군으로서의 역할도 잘 수행했다. 청류 인사를 사면해 기용했고, 황보숭이나 주준 등 당대의 명장을 묵묵히 지원했다.

그러니까 황후의 동복 오라비보다도 더 이름을 날렸겠지.

영사황후는 방심했다. 하진의 이런 정치적인 능력은 권력을 얻을 때나 필요하지, 유지할 때는 필요 없다 여겼나 보다. 여차하면 하진의 군권을 뺏어다가 하묘에게 주면 된다고 생각했을지도 모른다.

게다가 어머니 무양군이 장양의 며느리가 된 딸 때문이든, 그동안 받아온 뇌물 때문이든, 환관의 사면을 요청하고 있었다. 동시에 하진을 모략했으니, 영사황후도 결국 넘어갔다.

《후한서》 태후의 어머니 무양군과 하묘는 여러 환관들이 뇌물을 받았다. 하진이 그들을 주살하고자 하는 것을 알고는 태후에게 그들을 감싸주기를 자주 청했다. 또 말하기를, "대장군이 마음대로 좌우의 신하들을 죽이려는 것은 권세를 멋대로 하여 사직을 약하게 하려는 것입니다." 하였다. 태후는 하진을 의심하며 이들의 말을 그럴듯하게 여겼다. 〈하진열전〉

섭정의 주체는 어디까지나 영사황후였다. 하진의 권력은 보정대신이라는 위치에서 나왔는데, 이 위치는 영사황후가 하진을 선택했기에 얻을 수 있었다. 영사황후가 하묘로 갈아타면 하진은 항명하지 못한다. 여태껏 쌓아온 모든 것을 뺏길 뿐.

즉, 하진은 십상시를 주살하고 싶어도 주살하지 못했다. 우유부단해서가 아니다. 무양군과 하묘의 꼬드김에 넘어간 태후가 이를 막고 있었다. 하진은 이 명령을 무시하는 순간 모든 것을 잃게 된다.

그리고, 이런 불안정한 권력은 결국 원소의 극적인 무리수를 낳게 된다. [152]

---

152) 〈십상시를 죽이려거든 백성부터 죽여라〉 참고

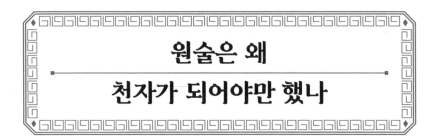

원술은 왜
천자가 되어야만 했나

도교가 널리 퍼져 있던 시기다. 황건의 난이 어떻게 일어났나. 우길이 창시하고 장각이 퍼뜨린 태평도가 봉기하여 일어난 난이다.

난 자체야 금방 진압된 편이지만, 그 반향은 오래 남았다. 192년, 조조는 청주에서 넘어온 100만 명의 황건적을 토벌하고, 그중 30만 명을 뽑아 청주병이라는 부대를 만들었다. 청주에서만 백만 명의 태평교도가 있었다는 것이다. 장각이 죽은 지 8년이나 되었을 때다.

창천이사 황천당립 세재갑자 천하대길

(蒼天已死 黃天當立 歲在甲子 天下大吉)

푸른 하늘은 이미 죽었으니, 마땅히 누른 하늘이 서리라

때는 바로 갑자년, 천하가 크게 길하리라

황건적의 대표적인 구호다. 왜 누른 하늘일까. 황건적이 노란 두건을 써서? 그렇다면 왜 노란 두건을 썼을까.

당시에는 오행상생이 유행이었다. 이에 따르면 불 속성인 한나라의 뒤를 이을 사람은 흙의 속성을 지니고 있어야 했다. 그랬기 때문에 장각이 황천을 이야기한 것이다. 누른 하늘은 흙의 속성이었으니까.

> 《전략》 원술은 원씨 가문은 본래 진 지역 출신이니 순임금의 후손이며, 토(土)가 화(火)를 이으니 운행의 차례에 순응하게 된다 여겼다. 또 참문을 보니 이르길 "한을 대신할 자는 응당 도고(塗高)다."라 했는데, 스스로 자신의 이름이 이에 해당한다고 여겨 이에 제호를 세우고 중씨라 칭했다.

순임금은 흙의 속성으로 여겨지고 있었다. 또, 도고는 높은 길을 의미하는데, 원술의 자 공로(公路) 역시 길을 의미하니 대충 맞아떨어지기는 한다.

중씨는 두 번째를 이르는데, 지금은 잘 쓰이지 않지만 남의 둘째 형을 높이는 말이다. 원술이 제호를 중씨로 정한 것은, 자신이 순임금의 후예로서 두 번째로 제위에 올랐다는 뜻이다.

하지만 이는 결국 명분에 불과하다. 백성을, 신하들을 설득하기 위해 적당히 내세운 명분. 원술이 진실로 이런 도교적 징조를 믿었을 리는 없다. 그랬다면 천자 옹립을 시도하지도 않았겠지.

원술은 조조와 협천자를 다툰 군벌이다. 동승과 손을 잡아 조홍의 진군을 막기도 했고, 또 자신 세력권의 군벌인 하의나 유벽, 황소, 하만 등을 이용해 조조의 진군을 막기도 했다.[153]

---

153) 〈원술도 천자 옹립을 시도했는데〉 참고

협천자는 조조에게 쏟아지는 명분을 줬다. 자신의 마음에 안 들면 천자의 명이라고 말하면 그만이었다. 바로 그 가후조차 "무릇 조조는 천자를 받들어 천하에 호령하니, 마땅히 따라야 하는 첫 번째 이유"라고 하지 않았나.

천자를 손에 얻은 조조가 "천자의 명으로 원술을 치러 간다."고 하면 어떨까. 물론 조조에게 군대가 없었으면 별 상관은 없었겠지. 무시하면 그만이니까. 하지만 조조에게는 군대가 있다. 그 군대가 명분까지 갖췄다. 원술은 어떻게 반항하더라도, 원술의 주변 세력은, 원술의 군사는 반항하지 않을 수도 있다. 도리어 원술을 직접 묶어 조조에게 바칠지도 모르지.

그래서 원술은 건국에 나선 거다. 새로운 명분을 직접 만들어 내기 위해. 그렇지 않으면 기존의 명분에 언제나 패할 테니까.

그럼 다른 군벌은 어땠느냐고? 여포야 그런 것쯤 상관 안 하는 사람이었고, 원소와 손권은 의대조 사건의 생존자 유비를 영입하면서 해결했다.

원소는 왜 협천자에 나서지 않았을까?

　이각, 곽사를 피해 달아났던 헌제. 천하의 제후들에게 도움을 청하는데…. 우유부단했던 원소와는 달리 적극적으로 협천자에 나섰던 조조. 결국 대의명분을 얻어 한의 권력자로 우뚝 서게 되었다.

　정도로 널리 퍼져 있는데, 과연 사실일까?

　완전히 틀리지는 않았다. 어쨌든 조조는 적극적으로 헌제를 옹립했다. 그로써 원소로부터의 독립에 성공했을 뿐 아니라, 다른 제후를 토벌할 수 있게 되었다.

　하지만 완전히 사실만도 아니다.

　《연의》에서, 혹은 기타 창작물에서는 보통 이런 식으로 기술한다: 원소도 부하들의 권유를 받았으나, 동탁 등 기존에 천자를 옹립했던 사람들의 최후를 떠올리며 득보다는 실이 많다고 판단했다, 혹은 불안해했다.

　실제로 득이 즉각적이지도 않았다. 조조는 역적이었던 원술을 처치한 후에야 제대로 권력을 휘두를 수 있었다. 그전까지 황제의 존재는 유명무실 그 자체였다. 그러니 여포도 조조의 말을 듣지 않았지.

하지만 단순히 그래서는 아니었다. 원소는 사실 그렇게 우유부단하거나, 소심한 편이 아니었다. 되려 일견 잔혹할 정도로 냉정했고, 비정할 정도로 강경했다.

그렇다면 왜? 저수의 말에서 단서를 찾을 수 있다.

《정사》 종사 저수가 원소를 설득했다. "장군께서는 약관의 나이에 조정에 올라 해내에 이름을 떨쳤습니다. 황제를 폐립할 때는 충의를 분발하셨습니다. 단기로 탈출해 나오니, 동탁이 두려운 마음을 품었습니다. 하수 이북을 다스리시니 발해 지역이 머리를 조아립니다. 한 군의 군졸을 떨쳐 기주의 무리들을 모으니, 위엄은 하삭에 떨치고, 명망은 천하에 중하게 되었습니다." 〈원소전〉

저수가 "황제를 폐립할 때 충의를 분발"했다고 한 일은 다음과 같다.

《헌제춘추》 동탁이 황제를 폐위하고자 하여 원소에게 말하길, "황제는 어리고 어리석어 만세의 주인이 되지 못하오. 진류왕이 오히려 더 나으니 지금 그분을 옹립하고자 하오. (…)"

원소가 말하길 "한 가가 천하의 임금 노릇을 한 지 4백여 년인데, 그 은혜는 윤택하여 깊고도 두터워, 억조 백성들이 이를 받들어 온 지 오래되었습니다. 지금 황제가 비록 유충하나 선하게 천하를 펼쳐 열지 않은 것이 없는데, 공께서는 어찌 적자를 폐하고 서자를 세우십니까. 뭇사람들이 공의를 따르지 않을까 두렵습니다."라 했다.

동탁이 원소에게 말하길 "이 어리석은 아이야! 천하의 일을 어찌 결정하지 못하겠는가? 내가 지금 이 일을 하면 누가 감히 따르지 않겠는가? 그대는 이 동탁의 칼이 날카롭지 않다고 말하는가?"라 했다.

원소가 말하길 "천하의 건장한 자가 어찌 동공뿐이겠습니까?"라 하며 패도를 꺼내 가로 눕히며 읍한 후 나갔다.

원소의 위상은 즉, '소제 폐위 및 진류왕 옹립 당시 동탁에게 반기를 들었던 일'에서 시작됐다. 그런 사람이니만큼, 헌제를 인정할 수가 없는 거다. 헌제를 인정하는 순간, 동탁의 선택을 인정하게 되기 때문에.

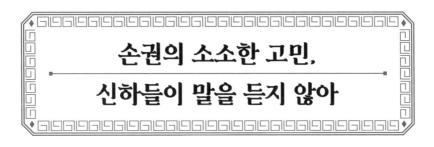

손권의 소소한 고민,
신하들이 말을 듣지 않아

중앙의 힘이 약해지니, 군사권을 지닌 지방관의 권력이 커진다. 당연한 이야기다.

오가 특히 그랬다. 삼국지 게임을 해본 사람은 알겠지. 오는 중앙에서 상당히 멀리 떨어져 있다. 전한의 수도였던 장안은 물론, 후한의 수도였던 낙양과도 거리가 제법 있다. 그렇다 보니 자연스레 미개척지가 많았다. 무릉에는 이민족이 들끓었고, 회계와 일남은 한나라 당시 유배지로 사용되었다.

그런 지역에서는 으레 지방관의 권한이 막강해질 수밖에 없다. 그렇게 지방관은 호족, 즉 지방에 근거지를 둔 친족 집단이 된다.

오의 사성이 대표적인 예시다. 오군의 유력 호족인 네 가문, 장씨와 주씨, 육씨와 고씨를 가리키는 용어였다. 용어까지 있을 정도로 세력이 강했다.

이렇게 유력 호족들이 넘쳐났던 땅을 손책이 점령했다. 명분도 없었다. 그냥 힘으로 평정한 거다. 땅을 점령했을 뿐, 호족을 모조리 죽이고 병사를 뺏어오거나 하지도 못했다. 그러면 땅은 누가 다스리겠어?

대신, 호족의 사병을 적극 활용했다.

각 호족은 이런저런 이유로 백성을 동원할 수 있었다. 그렇게 동원된 백성은 평시에는 근거지를 개척 및 개발했고, 전시에는 전쟁에 나갔다. 손책 및 손권 등 손씨 가문은 호족 연합의 맹주로서 군을 이끌었다. 비유하자면 반동탁 연합의 맹주 원소 같은 역할이었다.

좋은 점도 없지는 않겠지. 이를테면 병사 하나하나가 호족에게는 인력이고, 손이고, 발이다. 그러니 병사를 아낄 수밖에 없다. 아껴서 잘 살려야 농사도 짓게 하고, 또 아들에게도 물려주고 한다.

대신 앞장서서 싸워야 하는 상황에서는 당연히 발을 빼게 된다. 병사를 잃어봐야 저만 손해니까. 동오가 유독 수성전에 강하고, 공성전에 약했던 이유가 여기에 있다.

조조의 침략 전 항복을 권유하던 이가 많았던 것도 이 때문이다. 호족들 입장에서야 위에 조조가 있든, 손권이 있든, 큰 상관 없었다. 근거지에서 자신의 권위를 인정해 주기만 하면 그만이었다.

《정사》 노숙이 대답했다. "사람들의 의견을 자세히 살펴보니, 전적으로 장군을 잘못되게 하고 있습니다. 그들과는 대사를 도모할 가치가 없습니다. 무엇 때문에 이렇게 말하겠습니까? 지금 제가 조조를 맞이한다면, (…) 관직이 올라감에 주나 군을 잃지는 않을 것입니다. 그러나 장군께서 조조를 맞이한다면 돌아갈 곳이 있겠습니까? 원컨대 큰 계획을 일찍 정해, 사람들의 의견을 쓰지 마십시오." 〈노숙전〉

그러니 노숙도 말했다. 조조에게 항복하면, 대부분의 사람들은 주자사나 태수의 직위를 유지할 것이라고. 반면 손권만큼은 갈 곳이 없을 테니 항복하지 말라고.

《정사》 감녕의 주방에서 일하는 어린아이가 일찍이 허물이 있자 여몽에게로 달려가 투항했다. 여몽은 감녕이 그 아이를 죽일 것이 두려웠기 때문에 즉시 돌려보내지 않았다. 후에 감녕이 예물을 갖고 여몽의 모친을 배알해 직접 모친과 당에 오른 후에야 비로소 주방의 어린아이를 감녕에게 돌려보냈다. 감녕은 여몽에게 그 아이를 죽이지 않겠다고 응답했다.
잠시 후, 배로 돌아오자 그 아이를 뽕나무에 묶어놓고 직접 활을 당겨 쏘아 죽였다. 일을 마친 후, 뱃사람들에게 명하여 배의 닻줄을 내리도록 하고, 옷을 벗고 배 안에 누웠다.
여몽은 매우 노여워하며, 북을 쳐서 병사들을 모아 감녕을 공격하고자 했다.
감녕은 이 소식을 들었지만, 고의로 누운 채 일어나지 않았다. 〈감녕전〉

그뿐 아니다. 장수끼리 싸울 때도 있었다. 물론 직장 동료와 의견 차이는 누구나 있을 수 있지. 그런데 오에서는 싸움의 스케일이 달랐다. 아예 군대를 데리고 가서 죽이려 들었다.

결과적으로는 잘 해결됐지만, 사실 막장 아닌가. 장수끼리 군대를 들고 싸운다니. 병사가 여몽의 사병이었으니 가능했겠다.

이렇게 강대했던 호족의 힘은 손권이 왕에 즉위하면서, 그리고 이후 이궁의 변을 벌이면서 꺾이게 된다.

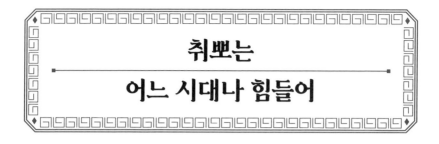

취뽀는
어느 시대나 힘들어

사실 삼국시대의 역사적 의의는 그렇게 높지 않다. 당장 세계사 교과서를 떠올려 보자. 삼국시대는 고작 한나라의 극 후반과 위진남북조 시대의 극 초반에 해당할 뿐이다. 아무리 《연의》를 열심히 읽고, 《정사》를 열심히 외워도 시험에는 별 도움이 안 된다.

삼국시대의 가치는 역사가 아니라 문화에 있다. 평화에서 《연의》로 이어지는 문학 작품의 대두와, 태평도와 오두미도로 이어지는 도교의 전파.

문학적으로야 말해 뭐해, 지금도 삼국지 관련 2차, 3차 창작이 쏟아지고 있다. 마찬가지로 오두미도도 천사도가 되어 오늘날까지 명맥을 잇고 있다. 언젠가 맺어질 연인은 운명의 붉은 실로 이어져 있다는 이야기가 오두미도에서 나왔다.

그리고 또 하나, 구품관인법.

삼국시대까지만 해도 과거 제도가 없었다. 아니, 400여 년이 지나 세워진 수, 당 시대까지도 없었다.

그렇다면 그 전에는 어떻게 관리를 뽑았나.

《연의》　조조가 연주에 있으면서 어진 이를 부르고 선비를 받아들였다. (…)
순욱이 말하기를, "제가 연주에 어진 선비가 한 사람 있다고 들었는데 지금
어디 있는지 모르겠습니다." 하니, 조조가 누구냐고 묻자 순욱이 대답하기를,
"동군 동아현 사람으로 성은 정이고 이름은 욱이며 자는 중덕입니다." 하였다.
조조가 말하기를, "나도 그 이름을 들은 지 오래되었습니다." 하고, 사람을 시
골로 보내어 찾아보게 하니 산중에서 독서하고 있는 것을 알고, 조조가 모셔
오게 하였다. 정욱이 찾아오자 조조가 크게 기뻐하였다.

정욱이 순욱에게 말하기를, "나는 고루하고 아는 게 없으니 공이 천거하기에
부족합니다. 공의 동향 사람 중에 성이 곽이고 이름이 가이며 자가 봉효인 이
가 오늘날의 어진 선비인데 어찌 초빙하지 않으시오?" 하니, 순욱이 크게 반
성하며 말하기를, "제가 깜박 잊었습니다!" 하였다.

마침내 조조에게 일깨워 주어 곽가를 연주로 초빙하여 천하의 일을 함께 의논
하게 하였다.

광무제의 적통 자손으로 회남군 성덕현 출신으로 성은 유이고 이름이 엽이며
자가 자양인 사람을 곽가가 천거하니 조조가 곧 유엽을 초빙했다.

유엽이 다시 두 사람을 천거하니 한 사람은 산양군 창읍현 사람으로 성은 만
이고 이름은 총이며 자가 백녕이다. 또 한 사람은 무성현 사람으로 성은 여이
고 이름은 건이며 자가 자각이다. 조조도 또한 평소에 두 사람의 평판을 알고
있어서 초빙하여 군중종사로 삼았다.

만총과 여건이 함께 한 사람을 천거하니 그는 진류군 평구현 사람으로 성은
모이고 이름은 개이며 자가 효선이다. 조조가 역시 불러 종사로 삼았다.

《연의》에서의 인재 등용 과정이다. 우선 순욱과 순유가 조조에게 정욱을 추천한다. 이어 정욱이 곽가를, 곽가가 유엽을, 유엽이 만총과 여건을, 만총과 여건이 모개를 추천했다.

즉, 처음부터 끝까지 지인이 지인을 추천하는 형태다. 지금도 임직원 추천 같은 절차가 있잖아? 그런 식이지.

물론 위 내용은《연의》의 창작이고, 실제로는 임관 시기와 과정이 제각기 달랐다. 하지만 소설이나마 당시의 등용 절차를 잘 드러낸 대목은 맞다.

후한 말은 추천 등용이 보통이었다.

그 전에는 임자제라 해서, 3년 이상 근무한 고위 관리가 자신의 직계 가족을 한 명 임관시킬 수 있었다. 그러다가 가족이 아니어도 추천할 수 있게 바꾼 것이 바로 향거리선제다.

향거리선제에서는 가족 아닌 타인의 추천이 장려되었다. 애초에 지방에 있는 인재를 중앙으로 끌어들이기 위한 제도였다.

과정은 이렇다. 우선 각지의 지방관이 정해진 인물평가 과목에 따라 관내의 인재를 추천했다. 인물평가 과목을 예시로 들자면, 수재(재능이 뛰어남), 현량(어질고 착함), 방정(행동거지가 바름), 효렴(효성스럽고 청렴함) 등이다.

《정사》 나이 20세에 효렴으로 천거되어 낭이 되었다. 낙양 북부위에 제수되었다가 돈구령으로 승진했고, 수도로 불려와 의랑에 임명되었다. 〈무제기〉

《정사》 효렴으로 추천되어 낭중에 임명됐으며, 중앙과 지방의 관직을 역임했고, 후에 절충교위와 호분중랑장이 되었다. 〈원술전〉

《정사》 공손찬은 효렴으로 천거되어 낭이 되었고, 이어 요동속국의 장사로

제수되었다. 〈공손찬전〉

조조가 상당히 정석적인 정계 진출 코스를 보여주었다. 우선 효렴으로 천거된 후 낭관이 되어 조정의 실무를 익힌다. 어느 정도 시간이 지나면 지방관이 되고, 그렇게 경험을 쌓으면 중앙의 관리가 된다.

이쯤 되면 문제가 빤히 보이겠지. 평가 과목이 너무나도 모호했다. 대체 효성과 청렴을, 어짊과 착함을 어떻게 재단하겠어.

《정사》에는 시시콜콜한 업적이나 미담이 다 나온다. 하지만 훗날 역적이 된 원술의 열전은 고사하고, 공손찬은 물론 창업 군주인 조조의 전기에조차 효성과 청렴에 관련된 일화가 나오지 않는다.

당연하다. 귀에 걸면 귀걸이고, 코에 걸면 코걸이였다. 대충 얘가 효성스럽고 청렴하대요, 어질고 착하대요 하면 추천이 되는 식이었다.

즉, 지방관의 재량에 달려 있었다.

물론 제어 장치는 있었다. 각 지방관은 1년에 한 명씩만 천거할 수 있었으며, 어느 정도의 연좌제도 있었다. 특히 추천받은 사람이 반란이라도 일으키면, 추천한 사람도 같이 삼족을 멸했다.

하지만 이렇게 되니 추천할 수 있는 사람, 즉 기존 고위 관리의 힘이 더욱 커졌다. 관리로 임용되기 위해서는 무조건 지방관의 추천을 받아야 했는데, 지방관은 아무나 해주지 않으려 했으니, 지방관에게 잘 보이려 안달이 날 수밖에 없다.

더군다나 인간이라면 그렇게 추천해 준 사람에게 고마움을 느끼지 않을 수 없다.

《정사》 장사태수 손견은 환계를 효렴으로 천거했고, 환계는 상서랑으로 임명됐다. 환계는 아버지가 죽은 후 고향으로 돌아왔다. 마침 손견이 유표를 공격하다가 전사하자, 환계는 생명의 위험을 무릅쓰고 유표를 만나 손견의 시신을 청했다. 유표는 그의 의기에 감동하여 시신을 내주었다. 〈환계전〉

이를테면 손견의 천거로 관직에 진출했던 환계는, 손견 사후 유표로부터 직접 시체를 찾아왔다. 아들 손책도 못 한 일이었다.

미담이라면 미담이지. 그런데 어떻게 보면 위험한 일이었다. 국가로 충성해야 하는 관리가, 사람에게 충성하고 있다는 뜻이니까. 지방관이 군벌이 되는 상황이라면 더할 테고.

동탁이 집권했을 때를 떠올려 보자. 동탁은 자신에게 직접 반기를 들었던 원소에게 발해태수의 직위를 내렸다. 반면 자신의 관직 임명을 거절했을 뿐인 조조는 직접 글을 내려 잡으려 들었다.

《정사》 "(…) 원씨는 은혜를 4대 동안 베풀어, 그 가문과 인연 있는 관리들이 천하에 많으니, 만약 호걸들을 거두어 무리들을 모으며, 영웅들이 이로 인하여 봉기하여, 산동 지역은 공의 소유가 되지 못할 것입니다. 차라리 그를 사면하여 1개 군의 태수로 임명하면, 원소는 죄에서 벗어나게 된 것에 기뻐할 테니, 우환거리가 없어질 것입니다."라 했다. 동탁이 이 말을 그럴듯하게 여겨, 이에 원소를 발해태수로 배수하고 항향후에 봉했다. 〈원소전〉

그만큼 동탁은 원씨 가문의 힘을 무서워했다. 원씨는 4대에 걸쳐 고위 관리를 배출했고, 그만큼 수많은 사람을 추천해 왔다. 그렇게 쌓은 관리가 중앙과 지방에 한가득이었지. 그리고 그렇게 쌓은 인맥과 연은 제아무리 군대를 이끌고 천자를 옹립한 실권자라 한들 무시할 수 있는 것이 아니었다.

폐단은 또 있었다. 오늘날에도 취업 청탁의 사례가 빈번히 나타나지 않나. 고위 공무원의 자제가 공기업이니, 공공 기관에 취업한 사례 말이야. 당시에는 없었겠어? 당연히 각지의 유력 호족이니, 고위 관리와 결탁해 그 자제를 천거하곤 했다. 조조와 원술처럼.

그러다 황건의 난이 시작됐다. 백성들은 난을 피해 계속 이주했고, 중앙과 지방의 연결고리는 점점 느슨해졌다. 향거리선제를 통해 인재를 선발하고 싶어도, 선발할 수가 없게 되었다.

그렇다고 길 가는 아무나 잡아서 관리를 시킬 수는 없잖아. 과거 제도가 없던 사회다. 그래서 인물평이 유행하기 시작했다.

《속한서》 교현의 자는 공조인데, 엄명하면서도 재략이 있었고 인물평에 뛰어났다.

《정사》 허정의 자는 문휴로, 젊었을 때 종제 허소와 함께 인물을 평가하며 명성을 얻었지만, 사사로운 성정에는 부합되지 않았다. 〈허정전〉

인사만사(人事萬事)라는 말이 있지 않나. 그만큼 사람을 채용하고, 배치하는 것은 어느 조직에서나 중요하다. 어느 정도의 규모를 갖춘 회사에는 꼭 인사(人事)에 관련된 부서가 있다. 당대에는 명사들이 인사부의 역할을 대신했다고 보면 되겠다.

조조 역시 이러한 인물평에 힘입어 출세했다. 그전까지는 환관 조등의 손자 혹은 정가의 열 배를 주고 삼공을 산 조숭의 아들로만 알려져 있던 조조에 불과했다.

《위서》 태위 교현은 세상에 널리 이름이 알려진 인물인데, 태조[154]를 보고 는 남달리 여기며 말했다. "내가 천하의 명사들을 많이 보았으나 그대와 같은 사람은 본 적이 없소! 그대는 스스로를 잘 보중하시오. 나는 늙었으니 내 처자 를 부탁하오."

이로 말미암아 [조조의] 명성이 더욱 중해졌다.

《후한서》 예전에 조조가 아직 미약했을 때 사람들이 그를 알아보지 못했다. 일찍이 조조가 교현을 찾아가 문안한 적이 있었는데, 교현이 그를 보고는 뛰 어나다고 생각해서 이렇게 말했다. "지금 천하는 어지러워지려 하고 있다. 백 성들을 평안하게 하는 것은 아마도 그대에게 달려 있을 것이다!"

조조는 교현이 자신을 알아주었다는 사실에 늘 감격했다. 나중에 교현의 묘 앞을 지날 일이 있을 때마다 번번이 슬픈 마음이 들어 제를 올리곤 했다.

스스로 그 제문을 지어 말했다. "(…) 나 조조가 어린 나이로 조정의 당실에 오른 것은 완고한 기질을 타고났음에도 군자가 받아들여 준 덕분이요, 갈수록 영예 가 더해져 더욱 뚜렷해진 것은 모두 장려와 도움 덕분입니다." 〈교현열전〉

그랬던 조조를 교현이 "처자를 부탁한다."면서까지 적극 추천했다. 조 조는 그 덕에 조조는 청류 사회로 편입될 수 있었다. 그야말로 이름을 불러준 후에야 꽃이 되었던 것이다. 조조가 글솜씨를 자랑하기 위해 제 문까지 지었겠어?

《후한서》 황건의 관해에게 포위되자, 다급해진 공융은 동래 출신 태사자를

---

154) 조조

평원상 유비에게 파견하여 구원을 요청했다. 유비는 놀라서 이렇게 말했다.

"공북해[155]는 천하에 유비가 있음을 다시 알게 해 주었던 사람이다."

유비는 3천 명의 군사를 파견하여 공융을 구원하도록 했다. 유비의 구원병이 오자 적은 도주했다. 〈공융열전〉

유비는 공융 정도 되는 사람이 자신을 지목했다는 이유로 감사해하며 구원군을 보냈다. 공자의 후손에게 언급된 것에 그만한 가치가 있었던 셈이다.

하지만 결국에는 개인의 눈에 의지하는 체제였다. 완벽할 수 없었다.

《정사》 어떤 이가 태사자를 대장군으로 삼을만하다며 권하자 유요가 말했다. "내가 만약 자의[156]를 중용한다면 허자장[157]이 나를 비웃지 않겠소?" 〈태사자전〉

이를테면 허소는 태사자를 긍정적으로 평가하지 않았고, 유요는 허소의 평가에 따라 태사자를 중용하지 않는다. 태사자는 유요의 홀대에 지쳐 손책에게로 떠났다.

물론 허소의 평가가 옳았을 수도 있다. 사람마다 상성이 있으니, 유요군과 어울리지 않는다는 이야기였을 수도 있지. 하지만 그리스 · 로마 신화의 오이디푸스마냥, 신탁을 피하려다 신탁대로 된 것 같기도 하다.

---

155) 북해상 공융
156) 태사자
157) 허소

그래서 조조는 그 유명한 구현령을 내렸다.

《정사》 봄, 하령했다.

"(…) 지금 천하가 아직 평정되지 않았으니 특히 현인을 급히 구해야 할 때이다. (…) 만약 반드시 청렴한 선비만 기용할 수 있다면 제환공은 어찌 패업을 이루었겠는가! 지금 천하에 갈옷을 입고 옥 같은 마음을 품은 채 위빈에서 낚시질하는 자가 없겠는가? 형수를 도둑질하고 금을 받고 아직 무지를 만나지 못한 자가 또한 없겠는가?

그대들이 나를 돕고자 한다면, 재주가 있으면 아무리 출신이 한미한 자라도 천거하여 내가 기용할 수 있도록 하라." 〈무제기〉

유교적 가치에는 아랑곳하지 않고, 재주가 있으면 일단 추천하라는 명이다. 일단 추천하면 자신이 보고 판단하겠다고.

하지만 아무리 군주가 한가해도 그 많은 인재를 다 만나볼 수는 없잖아. 바로 그 조조가 한가했을 리 없다. 더군다나 아무리 난세였다고는 하지만, 유교의 가르침이 갑자기 사라질 리도 없다. 당장 조조도 불효를 명분 삼아 공융을 죽였는데.

그래서 진군이 조비에게 새로운 인재 등용법을 제안했다. 지역 여론에 따라 인재를 뽑은 후, 서열을 매겨 등용하는 제도니, 바로 역사 교과서에도 등장하는 구품관인법이다.

구품관인법을 시행하기 위해서는 우선 2가지가 선행되어야 했다.

첫째, 관직의 서열 정리. 그 전까지만 해도 관직의 서열은 녹봉의 차이 정도로 파악하는 수준이었다. 구품관인법은 모든 관직을 9단계로 나누었으며, 품계별로 권한과 책임을 다르게 부여했다.

둘째, 인사부 창설. 인재 등용을 전문으로 하는 관직을 따로 뽑았다. 기존 관리 중 명사를 선정해 출신지에 따라 중정이라는 관직에 임명했다. 그러면 중정은 고향 사람들의 의견을 반영해 동향 출신의 인재를 찾아냈다. 심지어 난을 피해 타 지역으로 간 인재까지도 찾았다.

중정은 이렇게 찾아낸 인재에게 향품을 매겼다. 그러면 중앙에서는 인재에게 향품보다 4단계 낮은 품계의 관직을 내렸다. 본인이 열심히 한다면 중정이 준 향품까지 승진이 가능했다.

일단 고향 사람들의 의견, 즉 향론이 평가 기준의 하나였기 때문에, 인품이 너무 천박하면 높은 향품을 받을 수 없다. 주위 사람에게 구두쇠라거나, 약자를 막 대한다거나 하면 좋은 소리를 듣지 못했겠지? 그러면 승진도 어렵다.

동시에 실적을 쌓아야 고위 관리가 될 수 있다. 그러니 추천받았다고 높은 자리를 차지할 수도 없다.

동향의 인재를 추천해야 하니 지연의 의미도 퇴색된다. 누구를 추천하든 지연이 있기 때문이다.

중정에게는 자신이 추천한 사람의 평판을 끊임없이 탐문할 의무가 있었다. 그리고 그 평판에 따라 앞서 내린 향품을 바꿀 수도 있었다. 그러니 승진하고 싶으면 계속해서 평판 관리를 해야 했다. 즉, 능력뿐 아니라 인격도 증명해야 했다.

물론 완벽한 제도는 아니었다. 초기에는 등애 등 한미한 인재를 찾는 데 성공하기도 했다. 하지만 결국에는 중정에게 지나치게 의존하는 형태였다. 객관적인 기준이 없으니, 중정이 재량권을 행사해도 알 수가 없었다.

더군다나 중정이 나름 공정하게 평가한다고 해도, 유력한 집안을 무시하기란 쉽지 않았다. 당장 공융의 소개에는 공자의 후손이라는 수식

어가 늘 들어갔다. 그만큼 당시에는 가문의 위치가 중요했다. 중정이라고 예외는 아니었기에, 사대부나 호족의 자제들에게 더 높은 향품을 주곤 했다.

물론 그렇게 높은 향품을 받았어도 승진 자체는 본인의 능력으로 해야했다. 당사자가 극도로 무능하면 추천했던 중정마저 책임을 져야 했다.

그래도 출발점이 달랐다. 그렇게 문벌귀족이 탄생했다. 세도가의 자제는 계속해서 세도가로 남게 되는, 뭐 그런.

그렇다고 욕할 제도만은 아니다. 그랬다면 과거 제도가 나올 때까지, 그렇게 오랫동안 쓰이지는 못했을 테다. 과거 제도도 당연히 무결하지는 않았다. 과거 제도를 처음 시작했던 당에서는, 과거 합격자 중 2% 정도만이 관리로 임명됐다.

원래 그 어느 인사 제도도 완벽할 수는 없다. 구품관인법은 그래도 "얘 내 친구의 아들인데 착하다네?"로 시작했던 향거리선제를, 나름으로는 체계적이고 객관적으로 진보한 정책이었다.

여담으로 구품관인법의 흔적은 오늘날 한국에서도 쉽게 찾아볼 수 있다. 9급 공무원 말이야.

그래도
여자보다는
삼국지에 대해
三國志
잘 알아야 하지
않겠어요?

초판 1쇄 발행   2024. 4. 19.
　　2쇄 발행   2024. 5. 16.

지은이 정미현
펴낸이 김병호
펴낸곳 주식회사 바른북스

편집진행 김재영
디자인 양헌경

등록 2019년 4월 3일 제2019-000040호
주소 서울시 성동구 연무장5길 9-16, 301호 (성수동2가, 블루스톤타워)
대표전화 070-7857-9719 | **경영지원** 02-3409-9719 | **팩스** 070-7610-9820

•바른북스는 여러분의 다양한 아이디어와 원고 투고를 설레는 마음으로 기다리고 있습니다.

이메일 barunbooks21@naver.com | **원고투고** barunbooks21@naver.com
홈페이지 www.barunbooks.com | **공식 블로그** blog.naver.com/barunbooks7
공식 포스트 post.naver.com/barunbooks7 | **페이스북** facebook.com/barunbooks7

ⓒ 정미현, 2024
ISBN 979-11-93879-66-5 03820